A NINFA INCONSTANTE

GUILLERMO CABRERA INFANTE

A ninfa inconstante

Tradução
Eduardo Brandão

Copyright © 2008 by Herdeiros de Guillermo Cabrera Infante
Todos os direitos reservados

Grafia atualizada segundo o Acordo Ortográfico da Língua Portuguesa de 1990, que entrou em vigor no Brasil em 2009.

Título original
La ninfa inconstante

Capa
warrakloureiro

Imagem de capa
Pam (2007), de Sally Pring. Coleção particular/ The Bridgeman Art Library

Preparação
Silvia Massimini Felix

Revisão
Márcia Moura
Marise Leal

Dados Internacionais de Catalogação na Publicação (CIP)
(Câmara Brasileira do Livro, SP, Brasil)

Cabrera Infante, Guillermo, 1929-2005.
    A ninfa inconstante / Guillermo Cabrera Infante ; tradução
Eduardo Brandão. — São Paulo : Companhia das Letras, 2011.

    Título original: La ninfa inconstante.
    ISBN 978-85-359-1800-7

    1. Ficção cubana I. Título.

10-13623   CDD-cb863 . 4

Índice para catálogo sistemático:
1. Ficção : Literatura cubana   cb863 . 4

[2011]
Todos os direitos desta edição reservados à
EDITORA SCHWARCZ LTDA.
Rua Bandeira Paulista, 702, cj. 32
04532-002 — São Paulo — SP
Telefone (11) 3707-3500
Fax (11) 3707-3501
www.companhiadasletras.com.br

Ces nymphes, je les veux perpétuer
Stéphane Mallarmé

Ceci n'est pas un conte
Denis Diderot

Se encontrares anglicismos, revisor de provas que não aprovas, não os toques: assim é minha prosa. Deixem-nos aí sossegados na página. Não os movam, que não se movam. Afinal de contas, esta narrativa foi escrita na Inglaterra, onde vivi mais de trinta anos. Uma vida, como diria meu xará Guy de Maupassant, *en passant. De mot passant.*

Prólogo

Segundo a física quântica, pode-se abolir o passado ou, pior ainda, mudá-lo. Não me interessa eliminar e muito menos mudar meu passado. Preciso é de uma máquina do tempo para vivê-lo de novo. Essa máquina é a memória. Graças a ela posso voltar a viver esse tempo infeliz, feliz às vezes. Mas, por sorte ou azar, só posso vivê-lo numa dimensão, a da recordação. O intangível conhecimento (tudo o que eu sei dela) pode mudar algo tão concreto quanto o passado em que ela viveu. Uma canção contemporânea parece dizê-lo melhor que eu: "Quando o imóvel objeto que sou / encontra essa força irresistível que é ela". Os fótons podem negar o passado, mas sempre são projetados numa tela — neste caso este livro. A única virtude que minha história tem é que de fato ocorreu.

Esta narrativa está sempre no presente apesar do tempo dos verbos, que não são mais que auxílios para criar ou fazer crer no passado. Uma página, uma página cheia de palavras e de sinais, é preciso percorrê-la e esse percurso sempre se faz agora, no momento mesmo em que escrevo a palavra agora que vai ser lida depois. Mas a escrita tenta forçar a leitura a criar um passado, a crer nesse passado — enquanto esse passado narrado vai para o futuro. Não quero que o leitor creia nesse futuro, fruto do que escrevo, mas que creia no passado que lê. São essas convenções — escrita, leitura — que nos permitem, a você e a mim, testemunha, voltar a ver minhas culpas, revisar, se eu puder, a pessoa que fui por um momento. Esse momento está escrito neste livro: fica inscrito.

Haverá momentos em que o olho que lê não acreditará no que vê. Isso se chama ficção. Mas é necessário sempre que o leitor confunda o presente da leitura com o passado do narrado e que ambos os tempos avancem em busca de um futuro que é a culminação da ação na narração. (Gosto das rimas impensadas.) Mas é preciso lembrar que toda narração é *na realidade* um flashback. O exemplo mais nítido de flashback é a narração que Ulisses faz das suas aventuras e desventuras na corte de Antínoo. Esse é um momento, mais que épico, dramático, quase melodramático, já que a narração de Ulisses vem precedida pelas notas musicais da lira e pelo canto do cantor da corte. Os narradores de contos de fadas sempre começam sua história com o imprescindível: "Era uma vez". Como toda ficção é sempre era uma vez, esta minha narrativa não pode ser menos. Embora seja tudo menos um conto de fadas. É, no máximo, um conto de fados. De nada.

Tive de fazer um buraco no meio da realidade. Eu era, fui, esse buraco. Embora pareça uma declaração assombrosa, que não quero que seja, Havana não existia então. Eu me lembro (é uma lembrança infantil que me consome) de uma figurinha da série *Piratas de ontem*. Cada figurinha vinha com um biscoito, que a gente comprava por causa da figurinha, nova ou não, repetida às vezes. O biscoito era um pretexto que no entanto se comia. Uma figurinha se chamava "Andando na prancha" e apresentava um homem, no meio de uma prancha que sobressaía da nau. Era um bucaneiro. Bocanegra. Deste lado da prancha estavam os conhecidos piratas caribenhos, sabre na mão. Do outro lado ficava o mar desconhecido e uns visíveis tubarões que nadavam perto do navio. O condenado em cima da prancha estava, como diz o provérbio inglês, "entre o diabo e o profundo mar azul".

Agora era eu o infeliz da prancha. Que a vida se organize como uma figurinha de piratas era o que se chama de uma ironia. Ela tinha se encarregado de contaminar tudo. Era, de fato, como uma infecção. Naquele verão ela havia dominado tudo, como uma bactéria domina a vida. Mas havia sido, num momento do nosso encontro, uma querida bactéria que produziu uma infecção amável. Incubado vivi e estive doente um tempo.

Mas não havia realidade fora de mim, de nossa realidade. Como nos filmes, o tempo na tela suspendia o tempo lá fora. Mas — isso eu vejo agora — a vida não é um filme, por mais real que seja a vida. Que dizer dos efeitos especiais? A narração tenta preencher esse vazio, mas esse vazio é o centro da narração porque era, quem diria, a própria Estelita. Mais uma vez, só a *estela* — isto é, o rastro — deixada pela fuga.

Contar (quer dizer, contando) implica correr riscos. Um deles é o risco que se corre na vida, onde a gente não conta. A vida está sempre na primeira pessoa, embora a gente não saiba como vai ser, "no final", o *final*. A terceira pessoa, não cabe dúvida, é mais segura. Mas é também a transmissão à distância que sempre resulta falsa. A falsa distância é do romance, a proximidade da primeira pessoa vem da vida. A terceira pessoa não vai a lugar nenhum. Tudo é ficção mas a primeira pessoa, tão singular, não parece ser.

A vida é um prêt-à-porter se *pret* for uma abreviatura de pretérito. O Leitor pode, se quiser, acreditar que não aconteceu nada ou que esta história do jornalista pobre e seu achado nunca se produziu — exceto, claro, na minha memória.

A NINFA INCONSTANTE

O passado é um fantasma que não se deve convocar com médiuns ou invocar com abra-essa-obra. É na realidade da recordação um *revenant* irreal. Não é preciso pôr as mãos na mesa, palma para baixo, ou responder aos três toques rituais ou perguntar "Quem está aí?". O espírito do passado sempre está aí. Um copo d'água e uma flor amarela bastam. Não é preciso repetir frases encantatórias ou *cast a spell*: todos os mortos estão aí, vivos, exibidos detrás de uma vidraça negra, uma câmara escura, uma obra de artifício. Os entes passados vivem porque não morreram para nós. Vivemos porque eles não morrem. Nós somos os mortos-vivos.

É no passado que vemos o tempo como se fosse o espaço. Tudo fica longe, na distância em que o passado é uma imensa campina vertiginosa, como se caíssemos de uma grande altura e o tempo da queda, a distância, nos tornasse imóveis, como acontece com os mergulhadores dos penhascos, que vão caindo numa enorme velocidade e no entanto para eles não se cai nunca. Assim caímos na recordação. Nada parece ter se movido, nada mudou porque estamos caindo a uma velocidade constante e só os que nos veem de fora, vocês leitores, se dão conta de quanto descemos e a que velocidade. O passado é essa terra imóvel da qual nos aproximamos com um movimento uniformemente acelerado, mas o trajeto — tempo no espaço — nos impede de nos afastar para ter uma visão que não esteja afetada pela queda — espaço no tempo — voluntária ou involuntária. O tempo, mesmo detido, dá vertigem, que é uma sensação que só o espaço pode dar.

O passado só se faz visível através de um presente fictício — e no entanto toda ficção perecerá. Não restará então do passado mais que a memória pessoal, intransferível.

Não me interessa a impostura literária mas a verdade que se diz com palavras que necessariamente vão umas atrás das outras embora expressem ideias simultâneas. Sei que uma frase é sempre uma questão moral. Há uma memória ética? Ou é estética, isto é, seletiva?

A memória é outro labirinto em que se entra e às vezes não se sai. Mas são fantásticos, inúmeros, os corredores da memória, fora da qual há um só tempo real que é aquele que se recorda — isto é, eu mesmo agora quando a máquina de escrever é a verdadeira máquina do tempo.

Escrever, o que faço agora, não é mais que uma das formas que a memória adota. O que escrevo é o que recordo — o que recordo é o que escrevo.

Entre ambas as ações estão as omissões — que são os interstícios, o que resta. Isto é, meu buraco: o espaço do tempo recordado.

É tão fácil recordar, tão difícil olvidar... Não é o que diz a canção? Ou diz...? Não me lembro, olvidei. Recordar é gravar num idioma ou outro. Mas olvidar não tem equivalência...

O amor é um dédalo delicado que oculta seu centro, um monstro escuro.

Teseu, teu nome é tesão. Ah, Ariadne, não te abandonei em Naxos mas no Trotcha. Agora desço ao baixo mundo da recordação para te trazer de entre os mortos. Tive de vadear as águas do Leto, rio do esquecimento, labirinto lábil, para te encontrar de novo. Caronte, que não trabalha mais na ponte sobre o rio Almendares mas que limpava por uma peseta o vidro que o salitre do Malecón havia nublado, me deixou te ver. Foi através de outro para-brisa, desta vez de um táxi, que voltei a te ver.

Pareceria que ela morreu — e é verdade. É a morte uma extensão infinita da noite? A morte faz da vida uma área vedada. Pareceria estranho se, tendo esta miniatura (no sentido de pequena pintura preciosa) ao lado, eu me entregasse a uma reflexão sobre o bolero. Acontece que o ensaio eu estou escrevendo agora. Então, só ouvi a música.

Ela morreu. Suicidou-se? Não, morreu da morte mais inatural: morte natural. Matou-a em todo caso o tempo. Mas o certo, o terrível, o definitivo é que Estelita, Estela, Stella Morris está morta. Agora sou eu que reconstruo sua memória. Ela era uma pessoa mas terminou transformada nesse destino terrível, um personagem. É preciso dizer que ela era todo um personagem.

Ela morreu, longe do trópico, de Cuba. Mas ela não era na realidade do trópico ou de Havana ou daquela Rampa onde a conheci — e dizer que a conheci é, obviamente, um absurdo: nunca a conheci. Nem sequer a conheço agora. Mas escrevo sobre ela para que outros, que não a conheceram, a recordem. Quanto a mim, ela foi sempre inesquecível. Mas agora que está morta é mais fácil recordá-la. E pensar que ela não existe agora senão quando a imagino ou a recordo. É a mesma coisa. Poderia escrever mentiras, eu sei, mas a verdade é suficiente invenção.

Digo que não a conheci e devo dizer que a encontrei; na rua, uma tarde, quando era uma desnorteada dos subúrbios no centro de Havana, perdida. Mas foi para mim um encontro. Tem um bolero que Peruchín toca que se chama "Añorado encuentro", e foi isto que foi, um saudoso encontro. Curiosas canções como ditam as recordações. Néstor Almendros me disse, quando veio me visitar e eu tocava no meu toca-discos "Down at the Levy" cantada por Al Jolson, que sempre que ouvisse essa canção se recordaria da sala do apartamento, o sol que açoitava os móveis e as gentes e o mar lá longe e eu sentado no sofá, de camiseta, ouvindo o velho Al, Al morto, Al *Down at the Levy, waiting, for the Robert E. Lee*, que era um barco de rodas-d'água navegando Mississippi abaixo.

Voltei a percorrer La Rampa de noite. Não era um sonho, era algo mais recorrente: a recordação. Recordei-me de quando vim à rua O (Zero, O, Oh) com Branly. La Rampa era jovem e eu também. Mas a esquina com O já fervilhava.

Havana era para mim então uma ilha encantada da qual eu era ao mesmo tempo explorador e guia. Por um tempo eu também acreditava que era um Frank Buck do amor, que entrava na selva para trazê-la viva e viver os dois para contar — se bem que eu era o único que podia erguer uma ponte entre o relaxar e o relatar. Havana, não cabe dúvida, era o centro do meu universo. Na realidade era meu universo: uma nébula clara. Percorrê-la era uma viagem pela galáxia. No céu havia dois sóis.

Esta história não podia ter ocorrido cinco anos antes. Então a rua 23 terminava na L, e La Rampa ainda não tinha sido construída. No fundo, paralelas com o Malecón, estavam as linhas de bonde e, às vezes, via-se vir um bonde não sei donde cujos trilhos terminavam pouco antes do infinito. Claro, o Hotel Nacional já estava ali encarapitado num parapeito, mas onde está hoje o Hotel Hilton havia um barranco com um fundo plano de barro batido onde vim algumas vezes bater bola. Desapareceu o campo de jogo onde não ganhei uma batalha, para se tornar esse campo de Vênus, não de Marte, onde me saí melhor — aparentemente.

Tudo começou numa tarde de junho de 1957. Fazia calor mas não fazia tanto calor. Vamos ver se me entendem. Estamos grudados no trópico do Câncer, na zona tórrida, mas a cidade era refrescada pela corrente do golfo. Aí tem milhas mar afora, no limite das águas territoriais. Além do mais, havia o ar-condicionado, tão usual quanto a música indireta.

Não creio que caia mal começar com um homem a história de uma mulher porque esse homem não foi de nenhuma consequência para mim, mas a mulher sim. Além do mais a mulher era então uma mocinha. Muito embora, aliás, o homem, Branly, fosse um factótum fatal: Mefistófeles para um jovem Fausto. Em todo caso foi por Branly que a conheci tão cedo que ainda não tinha nome.

A cabeça de Roberto Branly apareceu entre a moldura e a porta que cortava seu pescoço comprido. A porta era de vidro jateado e se podia entrever a sombra de seu magro corpo ao lado do letreiro que dizia:

OÃÇADER

Poderia ter citado: "Nunca mais disposta minha cabeça para a guilhotina". Mas não era totalmente um decapitado porque seus olhos ainda vesgueavam entre o ser e o nada. Agora tentava usar uma gazua verbal para abrir a porta totalmente, apesar de nunca estar trancada.

— Está ocupado ou somente preocupado? — perguntou com ironia em torrentes. Era evidente que eu não trabalhava porque tinha os pés sem sapatos em cima da mesa e escrutava o teto procurando sinais de fumaça. Fazia um instante que fazia boias com minha boca.

— Nem um pouco. Mas não trabalhar cansa igual.

— *Me pare.*

É preciso dizer que Branly não falava italiano, mas Antonioni com sua atonia emotiva estava ativo entre nós. Ou era um lampejo de Lampedusa? Branly era revisor de provas ("um escravo das galés", dizia ele) graças à minha intervenção, ou antes à minha invenção, e trabalhava o escrito dos outros proscrito num mezanino acima da sala de máquinas. Agora *Carteles*, graças à fumaça, era uma nau que ia a pique com o dia.

— Vamos tomar um lanche? — propôs salvador. Era o tenente Lightoller que não abandonava seu navio mas que o *Titanic* abandonou antes de afundar.

— Onde?

Não fez, como antes, uma citação de uma citação para dizer vamos aonde a tarde se estende contra o céu como uma paciente eterizada na mesa de operações. Menos mal.

— A La Rampa.

— Fica longe.

— Mas é cedo para o ser.

— *Ol'rite*.

Levantei-me para sair, não sem antes pôr os sapatos.

— Pronto Arcano, dá-lhe Dédalo — cantou Branly.

Era uma transfiguração — *Tod und Verklärung* — do lema do locutor eterno que o tema de Arcaño y sus Maravillas propunha: "Pronto, Arcaño? Dá-lhe Dermos". (Dermos era o sabonete patrocinador.) Com sua voz de veludo o locutor também transmitia boleros, depois de dizer: "Senhor automobilista, reserve-nos um botão do rádio do seu automóvel: tem música dentro".

— Vamo-nos, então — propôs Branly — rumo à glória enferma da hora positiva.

Branly era às vezes um poeta oculto, culto, e não me espantou que citara — *Carteles* era sua casa de cítaras agora — Eliot mais de uma vez naquela tarde.

— Para aprender de cor o labirinto em que qualquer um pode se perder — e Branly se revelou melhor profeta do que poeta.

— Qualquer um e às vezes dois — disse eu, pobre aprendiz.

O táxi era um enorme catafalco preto. Foi por isso que o motorista não pôde entrar pela rua O e teve de pegar a Humboldt até a Infanta, onde descemos. Caminhamos pela O até o Wakamba. O nome era pseudoafricano mas era a cafeteria da moda, pegada ao cinema La Rampa. Toda essa parte de El Vedado tinha se tornado rampante desde que continuaram faz um par de anos a rua 23 até o Malecón. Essas quatro quadras tinham mais cafés, cafeterias e boates por metro quadrado que o resto de Havana. Ficavam ali também os canais de televisão e as agências de publicidade, além do barulho que a gente fazia ao andar, conversar e ver o tempo passar. Havia inúmeras mulheres indo e vindo. Não prestei direito atenção em como estavam vestidas mas soube que eram mulheres porque vi suas saias — embora bem pudessem ser escoceses.

— *Finis terrae* — disse Branly ao descer da calçada para a entrada do Wakamba. Entramos e nos sentamos ao balcão. Branly pediu um suco de laranja ao garçom, que o chamou de sócio como se o conhecesse. Nunca se sabe com Branly.

— Ele é o sumo fazedor — explicou Branly.

Fiz meu pedido, que era *pie* de maçã e café com leite — que esvaziei sem saber de onde vinha minha pressa. Levantei-me para sair. Mas veio sentar em meu assento uma mulher gorda e encatarrada. Ela recolheu seus catarros com um suspiro e a cadeira rangeu por excesso de peso. Se a mulher gorda encatarrada não tivesse sentado, se eu não a tivesse ouvido falar, teria ficado para pedir um café puro como sempre costumava fazer de pé. Quanto tempo demora para fazer um café expresso e tomá-lo? Quatro, cinco minutos, talvez menos — e nada teria sido a mesma coisa.

— Qual é o prato do dia? — perguntou a mulher gorda.

— Esse aí — disse Branly. E saímos.

Não saímos à rua O mas atravessamos a cafeteria para subir sete degraus e sair pela porta dos fundos que dá para a rampa interna do cinema tautológico chamado — que mais? — La Rampa. A decisão foi aprovada por minoria. A cafeteria, o corredor e a entrada do cinema eram limitados por paredes de bronze e vidro que se abriam por um comando mecânico, mas refletiam, do escuro, o brilhante sol do lado de fora como se fosse uma galeria de espelhos múltiplos que induzia, momentaneamente, à confusão. Mais além estava a rua deslumbrante e a calçada como uma faixa de luz. Até agora tudo era topografia, mas começava, sem saber, o verão do meu contentamento. Saí do cinema sem ter entrado.

Foi verão por um tempo, de verdade. Depois veio como uma degradação e finalmente tudo acabou numa sorte (adequada palavra, não?) de infelicidade que durou, como sempre, mais que a felicidade. Este estio teria sido perfeito se eu tivesse sabido tocar a guitarra de três cordas como Branly para me insinuar no quarto crescente além da sacada propícia de uma moçoila encantadora aos acordes de um alude, *alaúde* — e já que sou o narrador terei de fazer o papel de vilão.

Ia eu por La Rampa com meus calobares defendendo meus olhos do duplo refletor do Malecón e do mar fulgente, refulgente, como um espelho duplo que esperasse a reflexão dual de Vênus — na sua falta de uma vênus. Qualquer vênus. Talvez vocês saibam o que é uma vênus, mas tenho certeza de que não sabem o que são, que coisa eram os calobares. Eram óculos de sol, ou melhor, contra o sol, de aros de metal branco os baratos, de ouro e prata os mais caros: máscaras de vidro verde-escuro que garantiam a total proteção aos olhos nativos do trópico. *Calor bar* quer dizer, creio eu, barreira contra o calor embora devesse dizer contra o sol. (Mas então se chamaria *sunabar.*) Em todo caso quer dizer pequenos espelhos. *Per calobares in enigmata* diria são Paulo Rampa abaixo como se fosse rumo a Damasco — que vem de damas e de asco.

O mar lá embaixo era da cor do céu sem nuvens, só que era denso, intenso. Estava além do mais recheado de outros azuis que eram estrias esmeralda, azul-cobalto, azul-escuro, azul e, por fim, azul-marinho.

Ao fundo, o Malecón era uma tela pintada de tão recortada se via a paisagem marinha. O Malecón e o muro eram cor de areia que parecia uma praia de papel machê embora fosse de concreto armado duplo. Ali no Malecón terminava Havana. O resto é o mar.

Foi quando a vi pela primeira vez. Era loura. Não: lourinha. Ela estava ali à sombra, mas o cabelo, a cútis e seus olhos brilhavam como se caísse um raio de sol só para ela. Esteve ali e ali estava. Ocorreu há mais de quarenta anos e ainda me lembro como se a estivesse vendo. Desde então, não parei de me lembrar dela um só dia, envolta num halo dourado como se fosse uma sombrinha de ouro, detida um instante no espaço para se deter para sempre no tempo. Vestia-se modestamente ou talvez fosse um uniforme, não de escola, ela se vestia de branco. Mas quando passou à sombra seu vestido se transformou num conjunto de casaquinho e saia e não era branco, mas areia claro. Viu que olhávamos para ela e quase pedindo ajuda disse:

— Estou procurando o número 1.

— Sou eu — disse Branly.

— Não, o número 1 da rua.

Deu-me certa pena seu tom, que era e não era uma súplica.

— O número 1 é esse aí — disse eu apontando para o edifício atrás dela.

— Procuro alguém chamado Botifol.

— Beautiful — disse Branly.

— Botifol — disse ela depois de olhar um bilhetinho em sua mão.

— Escreve-se Botifoll mas se pronuncia Beautiful.

Decidi intervir.

— Tem razão, se chama Botifoll e creio que seu escritório fica naquele prédio — disse eu tornando a apontar atrás.

Seus cabelos curtos, louros, soltos, se moviam com o ar ou talvez seguissem seus movimentos de cabeça, de lado, vivazes, ela aparentava ser uma mulher muito jovem que se sabia muito velha ou uma moça que acabava de se fazer mulher. Ainda me lembro de seus sapatos de salto médio que parecia usar pela primeira vez. Mas seu sorriso, deste lado do mar, era como uma espuma rompente de seus dentes, mais além de seus lábios grossos. Essa visão primeira foi realmente subjugante. Ela era encantadora mas eu era o encantado. A brisa nos envolvia como uma crisálida, mas ela era a borboleta voando entre Branly e eu e a gente que se afastava para passar pelo lado. Era uma borboleta diurna, com suas asas que eram seus cabelos se movendo horizontalmente como se quisesse pousar e não tivesse tempo. A borboleta, um efeito alucinante a mais, falava.

— Está bem — disse ela e se voltou.

Era tão pequena de costas quanto de frente. Voltou a se voltar:

— Na realidade, estou procurando o Canal Dois.

— Vai precisar de uma televisão — disse Branly impostergável. Ele diria impostor Gable.

— Isso mesmo — disse ela. — A televisão. Procuram uma recepcionista.

Havia tanta seriedade em sua resposta, tanta inocência em sua voz agudizada pelo esforço, que senti vergonha alheia.

Alheia por Branly, e quando ele disse afinal:

— Vamos.

— Espero que encontre o que está procurando — disse-lhe eu. Era mais uma gentileza ou um desejo?

— Também espero — ela me disse e a deixei assim na calçada. Viramos para pegar a Infanta pela rua P, onde ainda estava o catafalco convertido em táxi. Não parecia nos esperar mas entramos nele e descemos Infanta abaixo. No caminho pensei, quase um reflexo, naquela moça, mocinha melhor dizendo, que procurava. Senti uma espécie de dor de dente onde não havia dente. Ou uma gripe sem vírus.

— Alguma coisa? — perguntou Branly.

— Como?

— Aconteceu alguma coisa?

Não reagi de imediato ao responder:

— Acho que deixei uma coisa na Rampa.

— O quê?

Movi a mão para dizer:

— Não tem importância.

Mas tinha sim.

— Esqueci uma coisa saindo do cinema.

— Mas não entramos no cinema.

Amarrei a cara.

— Quer voltar? Ainda tem tempo — disse Branly.

— Vou voltar sozinho. Não se preocupe.

— Agora?

Quando saía do catafalco dei um passo em falso e por pouco não caio entre o meio-fio e a calçada. Não gosto de tombos:

podem ser um aviso. Mas não dei nenhuma importância a esse tropeção. Erro crasso. Paguei a corrida e decidi voltar. Ia quase capengando para a esquina quando Branly me pegou:

— Ei. É aqui. Onde você vai?

— Vou pegar o táxi e voltar.

— Voltar aonde?

— Tenho de voltar a La Rampa. Vou ver Wempa.

— E o que vai fazer lá?

— Ainda não sei.

Abri a porta do táxi. Branly sempre me dizia que eu ia me encontrar com o diabo num táxi.

— Você — disse Branly — vai se encontrar um dia com o diabo num táxi.

Não falei? Entrei e fechei a porta para enfrentar o taxista. O diabo já estava dentro.

Estava, maldição, neste táxi ou máquina de aluguel, a obscenidade ao volante de Cara de Pargo, agarrado à direção, sentado esperando obviamente. À sua direita (eu sempre sentava no banco da frente, ao lado do motorista: aspirações de copiloto ou pretensões democráticas?) estava eu, pronto para empreender a viagem com este que podia ser meu irmão, meu igual, meu nada hipócrita condutor. Sua cara era sua alma. Quase lambia os lábios, grossos e vermelhos salientes da sua cabeça obesa. Era tudo o que eu via dele, o que veria sempre: sentado em frente à direção, os olhos púrpura e escarlate. Era um corpo trocado em cabeça, como se uma guilhotina moral o houvesse decapitado.

— Para onde vamos, chefe? — perguntou.

— Infanta com a 23.

Fiquei contente com que desta vez quem respondesse não fosse Wempa, como apelidavam na revista *Carteles* esse libertino sem tino, com uma só palavra que queria dizer o que ele dizia: que era muito bom de cama. Resultava tão chato quanto toda literatura erótica, mesmo em forma oral.

— É a rampa da moda, chefe — garantiu, e eu assenti porque tudo o que eu queria era que fosse a toda, que avançasse para minha meta e que corresse e que não ocorresse o que por pouco acontecia. Agora esse repugnante era meu cúmplice, um improvável e leproso Leporello. Dele dependia que eu chegasse ao meu encontro que ainda não era encontro. Não disse a ele. Para quê? Iria se estender de novo em seus relatos, como dizia Branly, morosos, mamosos. Vai, Lincoln, vai, você é toda a minha esperança! Mas não era um Lincoln, era um Mercury, o táxi, o carro, o automóvel que não parecia ir além da Carlos III. Seria possível?

— É que tem um engarrafamento — explicou subitamente técnico — ali adiante.

Interessante adiantamento de informação. Devia tê-la dado a uma agência de notícias, porque qualquer um podia ver que havia um congestionamento ali adiante.

Não disse nada mas digo a vocês que minha relação com o táxi ou com os táxis é longa e frutuosa. Mas posso jurar sobre a Bíblia ou as obras completas de Shakespeare que aquele foi o primeiro táxi que notei, não anotei, que me levava aonde eu queria, que obedecia às minhas ordens: foi aquele dia, aquela tarde. A memória, tal como vem, também é seletiva. Todos somos filhos de Proust e Celeste Albaret.

— Vê-se que tem um problema — disse Wempa, e atravessou as ruas transversais como um bólido saindo do inferno. Mas olhem aqui, eu correndo como um desesperado rumo ao êxtase — ou era o que eu esperava. Foi então que esse degenerado que passava por ser meu veículo se virou desafiando as leis de todo trânsito, que são mais rígidas que a lei da gravidade, para me dizer com sua boca mais torta que sua cabeça:

— Todo autor perecerá.

— Como? Que disse?

— Que meu auto passará.

Não dei bola. Tudo o que lhe disse foram instruções para que metesse seu focinho entre os outros veículos. O que ele fez foi parar bruscamente diante de uma parede branca. A rua e a corrida se acabavam? Não, estávamos justo atrás de um ônibus branco da linha tautológica de Ônibus Brancos. Saí disparado do táxi — não sem antes abrir a porta. Corri dizendo ao motorista que pagava amanhã e enquanto o Cara de Pargo jurava que tudo bem já ia eu correndo para meu destino havanês quando Wempa ainda me dizia, melhor dizendo gritava, de dentro do táxi:

— Quem a segue, a mata.

Ao subir na calçada, quase chegando à esquina, uma moça loura estava a ponto de entrar no veículo branco. Era ela! Com um pé já no estribo, a outra perna com seu pé no meio-fio, uma mão presa na porta, a outra a ponto de pegar a alça mas ainda ao ar morno do começo da tarde, por isso gritei não! (Não tenho tempo nem sequer para as aspas.) Ela se virou para mim e ao me ver não pareceu me reconhecer.

— O que foi?

— Não. Vá. Embora.

Foi ante meu grito de paz que ela soltou a alça, separou-se do ônibus e pôs os dois pés na calçada, a ponta de um dos sapatos — eram Cuban Heels — concheando levemente a beira do meio-fio, enquanto o outro pé permanecia firme atrás. Falaria latim? Eu. Porque nesses momentos costumo ser Espinosa (não há narrativa sem Espinosa) e me estiro, me atiro em direção ao ônibus para pegá-la pelo braço porque tinha se criado entre mim e ela um vazio e minha natureza abomina espinhosamente o vazio: a escola sempre deixa sequelas.

— Ainda.

— É comigo?

— Sim — eu disse na calçada junto da porta de trás. Agora alguém falou de dentro e ela começou a se separar do meio-fio, e ele dela: o enorme ônibus, já não um veículo nem um vínculo. Fechou a porta com um forte suspiro e, baleia branca, arrancou: o motor afogando infelizmente minhas palavras:

— Não vá embora.

— Por quê?

— Porque sou contra o esquecimento.

O ônibus felizmente agora afogou meu ergotema com seu barulho. Aproximei-me para copiar. Copiar quer dizer aqui tomar nota. Copiei seu curto corpo cálido. Ela não se comoveu, nem sequer se moveu, feita uma estátua de sol. Por que não o fez? Ou melhor, por que o fez? Eu nunca soube e ela jamais disse. Mas foi um momento no momento. Ou foi um mandato superior? Ela nunca devia ter deixado de pegar o ônibus. Esse ato falho a perdeu e me ganhou. Se tivesse ido então eu nunca teria tornado a vê-la, perdida ela no tráfego e eu no tráfico. Sabia, porque tinha me visto no espelho, que teria de ser ameno, divertido e me tornar uma espécie de mestre de cerimônias de mim mesmo.

— O que você procurava?

— Um endereço.

— Eu sei, mas pra quê.

— Procurava um trabalho. Anunciaram que queriam uma recepcionista. Imagine, eu de recepcionista. Me pegaram logo.

— Te deram o trabalho então.

— Imagine!

— Você disse que te pegaram...

— Não me pegaram pro trabalho, me pegaram na mentira.

— Você disse uma mentira?

— Sobre minha idade.

— Mas você é moça demais pra trabalhar.

— Não acredite.

— Dá pra ver na hora.

— Vamos deixar isso pra lá, tá?

— Se te incomoda, posso dizer que é velha.

— Não me incomoda, mas prefiro não falar da minha idade. Você não pode falar de outra coisa?

— Claro que posso. Posso por exemplo recitar pra você o poema de Parmênides.

— Quem é esse?

— Um poeta muito velho de barba muito comprida.

— Os velhos não me interessam.

— Posso te dizer então que a noite está estrelada e ao longe tiritam os astros.

— Que astros, por favor? O sol nem sequer se pôs totalmente.

— Bela, o que você sabe de astronomia.

— Eu? Não sei nem por que o sol se põe. Além do mais meu nome não é Bela.

— Como você se chama então?

— Estela.

— Ah, voltamos à astronomia. Estela é Stella e Stella quer dizer estrela. Você é Estrela, então.

— Verdade?

— Verdade. Pode se chamar Estrela.

— Prefiro me chamar Estela.

— Estela é rastro, o que você deixa para trás.

— Como você se chama?

— Como todo mundo — falei e dei meu nome.

— Assim se chama todo mundo?

— Quase. E você, como se chama?

— Eu me chamo Estela.

— Só Estela?

— Não, meu sobrenome é Morris. Estela Morris.

— Você não é judia, é?

— Judia? O que é isso?

— Polaca.

— Você acha que eu tenho cara de polaca?

— Não, mas bem poderia ser judia.

— Não que eu saiba.

— Quem sabe, seu pai.

— Meu padastro.

Disse padastro em vez de padrasto. Pedante que sou já ia corrigi-la quando ela me disse:

— Podemos mudar de assunto.

Peguei-a pelo braço para atravessar a rua. Deixou-se levar até a calçada, mas decidi atravessar outra vez a outra rua. O intenso trânsito me deteve. Esta esquina da Infanta com a 23 precisava de um semáforo porque era um risco atravessar essas ruas. Levei-a pelo braço sem necessidade de atravessar nenhuma rua, porque agora ali estava o longo edifício de La Rampa, com seu restaurante Delicatessen e mais além o Dutch Cream, onde vendiam uma espécie de sorvete servido por umas moças vestidas de holandesas — ou o que o dono acreditava que eram camponesas holandesas. Um pouco mais adiante estava o edifício art déco do Ministério da Agricultura.

Voltei a esse plano inclinado de Havana, mas agora ia pela calçada oposta ao cine La Rampa, subindo, e quando chegamos à rua O viramos, eu a virei, para subir até a entrada do Hotel Nacional.

O sol se põe todos os dias, amanhã como ontem, mas ela estava ali agora, caminhando a meu lado, cálida como a tarde, e ela era o presente. *Carpe diem*, me aconselhou uma voz antiga — e foi o que eu fiz. Nada de amanhã e amanhã para mim, mas hoje, hoje, essa palavra que pode ser um buraco mas que era, nesse momento que dura mais de um momento, uma espécie de eternidade. Ah, que o dia se alongue numa tarde longa, numa noite que não acabe, que venha a madrugada sem galos que cantem, com pardais piando urbanos em cada esquina, vivos mas indiscerníveis como seres humanos.

Chegamos então à entrada do jardim, passando pelo portão como se fôssemos hóspedes ansiosamente esperados, visitantes do crepúsculo que havíamos passado debaixo das palmeiras e junto da estatuazinha de bronze verde pela água da fonte, da que era anúncio e emblema e que celebrarei um dia como manancial da noite. Mas esse dia, esse longo dia de junho, acabava num crepúsculo (porque não era um entardecer qualquer) aparatoso, cuja pirotecnia se via no outro horizonte do outro mar, enquanto a rua em declive se tornava malva, cinza, azul em contraste com os ouros e vermelhos do poente.

Sei que tudo isso me faz parecer um impressionista tardio, Pissarro, pintor celebrador da cidade luminosa sob um sol pálido. Mas era assim que eu via a tarde (que pouco me importava) se transformar quase na noite que eu queria, que procurava e que ia encontrar de repente: no trópico o dia termina, como algumas relações tropicais, abrupto, súbito e definitivo. Mas ainda restava luz.

Propus nos sentarmos no gramado.

— Minha mãe — ela me disse — não me deixa sentar na grama — mas no ato sentou na grama recém-cortada. Recendia a feno. Sentei a seu lado.

— O que é isso? — perguntou ela e eu me virei. — Uma estátua?

Vi somente um dos velhos canhões postos na beira do jardim, apontando para um mar indiferente.

— Não, é um canhão.

— Um canhão? De guerra?

— Foi. Agora é uma casca pintada de branco. Não há canhões de guerra brancos.

— Verdade?

— A não ser que sejam das Nações Unidas. Esse canhão é mais inofensivo que eu.

Ri. Ela apenas sorriu. Moça crepuscular, verbo do vésper.

A tarde já se afastava e começava a cair a noite, mas entre as duas esteve o crepúsculo de aparatosas cores. Olhei para ela. De perto, ela envesgava um pouco e parecia muito moça, quase uma garotinha. Decidi ser íntimo.

Olhei com um desses olhares inúteis meus, mas desta vez vi um fenômeno da natureza — ou antes da noite. Era um meio globo alaranjado mal velado por umas gazes grises. Era a lua surgindo do mar como outra Vênus.

Essa visão de Vênus surgiu luminosa do mar, da corrente do golfo, que é nosso mar Mediterrâneo. Ali estava detrás dela, mais mar de fundo que pano de boca, ela luzindo jovem, bela, iluminada.

De repente me virei para ver como a lua se refletia em seu rosto. Ela não era Afrodite mas me apaixonei por ela. (Que não se pense que me apaixono facilmente.) Mas parece mentira que basta olhar a lua surgindo do Atlântico para se apaixonar. Em todo caso aconteceu comigo e mal a lua saiu do mar peguei sua mão, ela deixou pegar. Ou pelo menos não opôs resistência.

O sol não se pôs mas caiu com violência de equinócio. Agora, de repente, estávamos entre duas luzes e logo na escuridão que permitia fazer faróis dos carros no Malecón e a iluminação pública fulgia lá em cima e mais em cima, em frente, as janelas iluminadas dos apartamentos altos e mais altas que os edifícios as inúmeras estrelas: noite que se desmaia sobre Havana, noite tropical.

— Quantas estrelas!

— Aquela — apontei para uma estrela solitária — é Vênus.

— Você entende de astrologia?

Sorri, filho da puta que sou.

— Sim — disse —, não sou astrólogo, mas sou colega do professor Carbell, astrólogo oficial da *Carteles*.

— Minha mãe o lê muito.

— O professor Carbell, nascido Carballo, não é para ler, é para consultar.

— É o que ela faz. Não faz nada importante se as estrelas não lhe forem favoráveis.

— O professor disse que as estrelas persuadem mas não obrigam.

— Diga isso à minha mãe.

— Quando a vir, mas não prometo nada. Não sou a voz da profecia.

Para lá do Malecón e do horizonte, uma bola cor de laranja, com umas nuvens que pendiam dela. A lua dos caribes. Olhou-a para dizer:

— Parece um sol.

— Um sol que brilha à meia-noite.

Ela se sobressaltou alarmada.

— Já é meia-noite?

— É cedo. Era uma citação.

— Não cite mais que me assusta.

— A noite é bela — falei. — Você não gosta?

— Me dá medo.

— Sempre amanhece.

— Eu me vejo morta de noite.

— Você é imortal.

— Me dê um beijo — pediu ela.

Beijei-a. Beijamo-nos, com os lábios apertados, cerrados, selados. Se eu tivesse aberto seus lábios com minha língua obscena talvez ela não tivesse gostado. Beijar é mais complicado do que parece. Beijos que educam, beijos que caducam.

Era uma noite sufocada pela lua. Tudo ao redor era noturno e eu era mais noctâmbulo que noctívago agora porque estava sentado na grama e não tinha a menor vontade de vagar. É meu turno noturno. Ambulava noctívago muitas vezes enquanto abria as portas da noite. Mas agora estava junto dela. Ah, esta Estela.

A lua é um afrodisíaco ambulante, citei ao vê-la sobre as irreais torres do hotel convertidas pelo pálido fogo da sua luz nas torres do Ilium. "*O lente, lente currite noctis equi*", quase declamei.

— O quê?

— O que o quê?

— O que você disse.

— Lentos, lentos, corram ó cavalos da noite.

— O que é que é isso?

— Um verso.

— Você faz versos?

— Eu não. Um amigo que se chama Ovídio.

— Ovídeo? Que raio de nome é esse?

— É um nome latino.

— Latino-americano?

— Não diria tanto.

A lua estava ali em cima iluminando os jardins como se fosse um dia noite: a grama prateada, as flores eram todas azuis, os canhões se viam lívidos. Foi então que ela disse ouvindo eu sua voz de soprano pela primeira vez. Logo eu aprenderia que ela falava assim, quase com um fio de voz, quando estava emocionada — ou alterada.

— Eu te agrado?

— Me agrada.

— Jure.

— Juro.

— Por quem?

— Por você, por tudo. — E sem ter de apontar com um indicador para o céu, disse a ela: — Juro pela lua.

— Não, não jure pela lua.

Foi então que comecei a citar "Swear not by the moon".

— Que é isso? Não sei uma palavra de inglês.

— Shakespeare, *Romeu e Julieta*.

— Você sabia que conheci um homem chamado Romeu? Cômico nome.

— Também trágico nome. Conheci uns gêmeos, mulher e homem, que se chamavam Romeu e Julieta. Eram inseparáveis. Morreram quase ao mesmo tempo.

— Eles se envenenaram?

— Não, de tuberculose, a doença romântica.

— Melhor se tivessem morrido envenenados.

— Melhor se não tivessem morrido porque eram jovens, iludidos e belos.

— Então foi bom que morressem.

Deitei-me de comprido mas pus minha cabeça em seu colo.

— O que você está fazendo?

— Transformando a grama em minha cama. Você será meu travesseiro.

— Você está louco?

— Daqui se veem melhor as estrelas.

— Levante-se, por favor.

— E a lua de noite.

— *Please*!

— Não falar inglês.

— Por favor!

Tirei minha cabeça para pô-la na grama. Minha cama. Como Auden, poeta pederasta.

— Você faz as coisas mais loucas.

— Loucas todas por você.

Então do outro lado da baía, da fortaleza de La Cabaña, partiu um clarão que logo se fez um fragor, um barulho que avançou pelo Malecón até este outro bastião.

— Você ouviu isso?

Claro que eu tinha ouvido.

— Esse estrondo.

— É meu coração batendo.

— Não, não. Era o tiro de canhão das nove. Já são nove horas.

— É cedo.

— Não, é tarde. É muito tarde para mim.

— Pós e talcos Paramí.

— É tarde e tenho de voltar pra casa antes da minha mãe. Se não, ela me mata.

— A menos que...

— A menos quê?

— Nada, nada. É uma frase para preencher o espaço vazio.

— Você tem uma imaginação quente — disse ela.

— Se diz uma imaginação fogosa.

— Está me pondo no meu lugar?

— Gramatical somente. Mas seu lugar real está em outra parte, à margem do Almendares.

— Você diz cada coisa esquisita.

— É o amor.

— Como você pode falar de amor se mal me conhece?

— O amor é assim. Cego como Bach, surdo como Beethoven, mutilado como Van Gogh.

— Ui. Quanta gente.

— Vou te explicar. Bach era marido de Anna Magdalena, Beethoven estava ficando louco com seu sobrinho, Van Gogh se enlouqueceu por Gauguin.

— Meu Deus! Você me mata com sua tropa. Como disse que se chamava?

As mulheres! Nem se lembrava do meu nome dez minutos depois de ter me conhecido. Disse o nome.

— É um nome comprido. Fique sabendo que não sou muito boa pra nomes.

— Deu pra perceber.

— Você não tem outro nome mais curto?

— Pode me chamar de G, como algumas mulheres me chamam. Outras me chamam de Gezinho. Escolha que eu atendo.

— O que você é?

— Crítico de cinema.

— E o que é isso?

— Uma profissão do século xx.

— Como, como?

— Nada, nada. Não passa de um título. Menos que isso. Em todo caso não é duque nem conde.

— Não entendo uma palavra do que você diz.

— Não tem a menor importância. Como dizia Arturo de Córdova. E por favor não me pergunte quem é ele.

— Não é um ator?

— Não é tão tarde assim. Está vendo.

— Você tem o relógio do anúncio, não é?

— Qual anúncio?

— Aquele do barbudo no Polo. É esse, não é?

— É um explorador do Ártico que não se barbeia mas sabe a hora.

— Comprou por isso?

— Você está me vendo de barba entre as neves perpétuas?

— Não estou te vendo de barba em lugar nenhum.

— Sou imberbe.

— Como você usa palavras esquisitas!

— Mas não acredito em Barba. Jacob ou não.

— Diz uma coisa, você viveria em outra época?

— Como assim?

— Em outro tempo.

— Acho que não. E você?

— Não — disse ela enfática.

— Por que não?

— Porque se tivesse nascido antes já teria morrido.

— Capito.

— O quê?

— Kaputt.

— Meu Deus.

— Considere-me um poliglota. Quero dizer alguém que fala línguas.

— Deus meu.

Olhou para mim. Olhamo-nos.

— Agora sim é tarde.

— É mais cedo do que parece. Não está ouvindo a intensidade do trânsito?

— Ouço um silêncio.

— Ouça mais. Dá pra ouvir o vento mexendo as folhas das palmeiras, o tráfego na rua 23, a barulheira dos carros no Malecón.

— Você ouve todas essas coisas?

— Dá pra ouvir mais. Dá pra ouvir o bonde rodeando o morro.

— Que morro?

— Este.

— Que bonde? Não tem mais bondes.

— Mas resta a recordação. Se você ouvir bem, vai ouvi-los ranger nos trilhos e o estalo do coletor em cima.

— Não, falando sério. Está muito tarde.

— Não para o amor. Está cedo para os deuses.

— O que você está dizendo?

— Como é que você vai embora, agora que tudo começa?

— Está muito tarde. Minha mãe.

— A nobre anciã.

— Ela não é nada anciã.

— Nobre então.

— Não é nada disso, mas não quero confrontá-la.

— Afrontá-la.

— Isso. Como quer que se diga. Ela é uma verdadeira arpia.

— Ela arpeja?

— Não se diz assim?

— Se diz, só que com agá.

— Então ela é isso. Uma harpia. Além de não ser minha mãe na realidade.

Era sua primeira revelação.

— Sou sua enteada.

— Ela então é a madrasta da Branca de Neve.

— Isso mesmo. Ela é má, má. Pior que ela.

— Pior que é ela.

— Ela fica na frente do espelho não pra perguntar, mas pra dizer que é a mais bela da casa.

— Uma vez conheci um homem chamado de la Bella Casa.

— O que tem a ver?

— Nada. É uma digressão.

— Uma o quê?

— Digressão, o que se diz à margem.

— Você me cansa com seu vocabulário.

— Vocabuilário. O que me diz da sua mãe?

— Que não quero me encontrar com ela quando voltar. Tenho de ir agora.

Ela estava agora quase de pé.

— Tenho de ir. Verdade.

Ia.

— Quando voltarei a te ver?

Há perguntas que soam como boleros. O que não é grave. O grave é quando também as respostas soam a boleros.

— Não sei — menos mal. — Amanhã? — muito melhor. — Por que você não me acompanha até em casa?

— Onde fica?

Em Marianao. Em Las Playitas. Atrás dos cães que correm.

Ela queria dizer o cinódromo, o canódromo, os galgos que correm atrás de uma lebre de mentira.

— O cinódromo.

— Isso.

— Fica longe.

— Fica longíssimo. Mas se você não quiser...

— Quero estar contigo. — Só faltava dizer meu bem para completar outro verso de bolero.

— Vamos então?

— Vamo-nos — esse era Branly falando pela minha boca.

Antes de me levantar puxei o pente. Não é fácil fazer isso no escuro. Mas e a luz da lua? Não é tão boa para se pentear como a lua de um espelho. Do bolso da frente da camisa extraí um maço de LM não sem antes oferecer um a ela.

— Não fumo — me disse firme.

— Ali fumei — disse a ela. Mas estava muito tarde para o verso mas não para o beijo. Eu me aproximei dela e a beijei. Mas entre nós se interpuseram minhas lunetas, óculos ou lentes. Tirei-os. Desde então não vi mais que seus olhos estranhamente abertos.

— Por que você faz isso? — me perguntou quase sem me perguntar.

— A cigarra vive um só verão, mas o cigarro menos. De acordo com a etimologia. Entomologia.

— Você me cansa com seu vocabulário. Vamos?

Acima as palmeiras da alameda do hotel se agitavam como bandeiras verdes que cediam passagem ao amor. Na calçada em frente, pela rua O, os faróis dos automóveis através das árvores e depois de deixar os galhos impressos rastejavam pelas paredes como lagartos de luz. Do outro lado, o hotel, enorme em sua harmonia, se mostrava elegante e remoto. Só as palmeiras eram reais. Ao contrário das fábulas, conto este conto sem a esperança de uma moral. Lembrei-me de Diderot quando disse, antecipado, "*Ceci n'est pas un conte*". Este romance não é um romance e a possível moral se afasta, se afasta. Clemente a noite era fresca, mas eu, mais fresco, fui inclemente. Soltei de estalo:

— Você nunca usa sutiã?

Ela arregalou os olhos que de grandes se fizeram enormes: só a pergunta havia sido uma surpresa:

— Como você sabe?

Em vez de me perguntar devia ter me insultado, ido embora. Mas tudo o que fez foi me perguntar como eu sabia do evidente. Que ficasse a meu lado, que não me esbofeteasse, que só me fizesse essa pergunta era mostra de que eu podia avançar sem a máscara do eufemismo: *larvato*, *larvato*. Era, não resta dúvida, uma sem-vergonhice. Prodeo.

— Eu sei — disse a ela.

— Se nota muito?

— Às vezes.

A história do amor é a biografia de duas ou três mulheres na moda. Nenhuma mulher respeitada ou respeitável então deixava de usar sutiã. Das que conheci naquela época só Estela deixava seus seios ao ar livre debaixo da blusa, visivelmente. Foi o que realmente me surpreendeu ao encontrá-la, antes de nos conhecermos. Vi logo: tenho olhos treinados para essas miradas, me interessa mais o mirável que o admirável.

Voltava a caminhar pela rua limpa e bem iluminada, cruzada por ruas na sombra. Ela ia a meu lado. Ela era Estela Morris. Ela era, acreditava eu, o amor. Eu era o objeto da nova e eterna experiência. Descemos pela rua O até a 23, a esquina marcada por uma exposição de carros ingleses: Austin Healy, MG (as iniciais são inesquecíveis), etcétera. Caminhamos pela 23 acima para passar diante do edifício Alaska e em frente, atravessando a rua, estava a vidraça de Chryslers e Cadillacs. Prosseguimos pela lateral do edifício Radiocentro, essa baleia encalhada na encosta. Ali, na esquina, estava como todas as noites o Artista Cubano, não era mais que um pobre atarantado que fazia música, ou assim ele acreditava, com um pedaço de papel de seda sobre um pente velho, e a espécie de trompete chinês que produzia escalas apenas pentatônicas era um chiado constante, enquanto o músico, de alguma maneira há que chamá-lo, dizia e repetia: "Cooperem com o Artista Cubano!", entre zumbidos do seu trompetinho modificado.

Cruzamos o semáforo da 23 para atravessar a rua e esperar o ônibus da linha 32 que nos levaria ao que me parecia então nosso destino. O ônibus, um veículo novinho em folha da GM, não demorou a chegar e por fim entramos nele. Durante todo o trajeto não fiz mais do que olhar para seu perfil, às vezes interrompido por seu olhar lânguido. Peguei sua mão, ela deixou. Ficava mesmo longe a casa dela mas eu estava encantado com a viagem. Já estava tarde e eu deveria ter comido. Mas o amor — era mesmo o amor? — tira a fome. Eu não tinha um pingo de fome. O ônibus finalmente nos deixou na entrada do caminho de Santa Fe.

A luz dos arcos voltaicos era como um nimbo para a profusão de alaridos que vinham do cinódromo. Sua casa ficava num lado do caminho. Entre outras casas. Eram muito mais bungalows ou mais bunga do que low como diria Branly e eu repito com minha mania de repetir o que meus amigos dizem. Ela, Estela, Estelita, era terna como a noite e quando abriu a porta entrou antes dela o luar. Ela acendeu a luz da sala. Disse-me para entrar e sentar, ela voltaria num instante. Sentei e na minha frente ficou um retrato central em cima de uma mesa de centro. Era de uma espécie de piloto porque mostrava suas asas na lapela. Quando ela voltou à sala me deu uma fome súbita. Pus-me de pé.

— Já volto.

— Aonde você vai?

Saí à rua. Eu me sentia muito baixo e ao mesmo tempo estranhamente exaltado. Não sou trouxa mas me apaixono como um bobo. Agora ela tinha me transformado num asno. Minha metamorfose era completa. O amor é uma poção Jekyll, Jacout. Agora atravessando a avenida de Santa Fe, indo para o *picking chicken* do outro lado do bairro, caminhando pelas calçadas novas me senti alto e forte e cheio de uma coragem que crescia com a noite. Venham se forem homens! Quero quebrar a cara estranha de vocês! Felizmente não veio ninguém, nenhum carro me enfrentou e os moinhos de vento da noite não se transformaram em gigantes. Quando cheguei ao *picking chicken* comprei dois frangos fritos cada qual em sua caixinha de papelão. Voltei andando sobre a almofada dos pés. Era um caminhar quase atlético. Eu me sentia bem. Bem demais, talvez. Quando cheguei à porta, estava fechada. Bati, primeiro de leve, depois forte. Uma voz disse de dentro:

— Quem é?

Era ela.

— Eu — falei com meu temor de sempre em me identificar por meu nome.

— Ah.

Soaram ferrolhos, fechaduras e trincos e finalmente seu rosto apareceu pela fresta da porta. Por fim abriu a porta. Vestia agora uma camisola transparente, também chamada baby-doll por culpa do filme de mesmo nome de Carroll Baker — com a qual não se parecia nada.

— O que aconteceu?

— Comprei estes frangos.

— Achei que você tinha ido embora.

— Como vê, venho.

— Entre, entre.

— E sua mãe?

— Ainda não está, tenho mais medo dos vizinhos.

Entrei e sentei em frente ao retrato do piloto.

— Quem é este?

— Meu namorado.

— Bonito rapaz — falei. Não ia me deixar derrotar por uma foto.

— Um merda — disse ela com ênfase.

— Ah, é?

— É o namorado da minha mãe, mas me encheu tanto os olhos. É o que se chama de um bom partido.

— É mesmo?

— Não é o namorado da minha mãe, mas se supõe que seja meu namorado.

— Bonito rapaz — era tudo o que saía da minha boca.

— Além do mais, sabe, é aviador. Da Cubana.

— É mesmo?

— O irmão dele também é aviador.

— Devem ser os genes.

Em vez de me contar sua vida pôs nas minhas mãos um álbum com fotos de família, que sempre são um museu privado. Começava a visita por uma galeria de fotos com um espetáculo matrimonial e terminava com um fim de festa de toda a companhia.

— Esta é sua mãe?

— Sim e não.

— Como assim?

— É minha mãe mas não é minha mãe. Já te disse.

Os erros são desterros quando você não os esquece. Claro que não lhe disse isso, e sim comia devagar e espiava veloz suas coxinhas surpreendidas.

Na sala, central, havia um espelho em destaque, de estilo — vitoriano, eduardiano, modernista? — ornamental com moldura dourada. Assombrou-me vê-lo sem me ver porque em casa o espelho estava no banheiro ou num quarto, escondido dentro de um armário, de três quartos.

— É a joia desta casa — disse Estelita. — Depois desta segura servidora.

— E agora?

— E agora você vai embora, que minha mãe está pra chegar.

— Quando nos vemos de novo?

— Amanhã, aqui na praia, às três.

— Está bem.

Eu me ia.

Ela me deu um beijo. Sabia mais a canela que a frango frito.

No gramado ali ao lado um irrigador automático girava procurando imitar a chuva. A grama, de doméstica que era, parecia convencida de que a chuva simulada caía do céu. Em outro lugar, por baixo ou por cima do murmúrio da água, soava um piano com alguma melodia tardia e um letreiro luminoso, vermelho e branco, anunciava uma casa com nome de rio: Quibú. Nunca me pareceu que ia ser mais um sinal que a noite. *In hoc signo.*

A noite não era cíclica, mas o jorro sim. Noite nos jardins de Estela: parco Éden, pouca noite.

Devia haver algum letreiro, mas não havia nem sequer um

aviso ritual de NÃO PISE NA GRAMA. Não vi nada. A noite insular torna não só todos os jardins invisíveis, até seu aviso é invisível.

De volta à rua, era mais tarde do que eu acreditava. Já não passavam ônibus nem havia um táxi à vista. Ônibus só viria agora como alma penada, a cada hora. Quando chegou não foi preciso esperar que abrisse a porta que a essa hora estava sempre aberta. Ao subir, o motorista me recebeu com uma certeza havanesa, naquela hora.

— Tirou a sorte grande, companheiro.

Ele me disse e eu tive de lhe dizer: "parece", agradecido porque esse personagem popular da madrugada não havia feito a menor referência ao perseguido e sua vítima. Mas disse algo que era mais memorável que a madrugada:

— Embainha tua espada, camarada, para que não a encha de ferrugem o rocio da noite.

Foi então que percebi que era negro. Outro Otelo, sem dúvida.

Agarre o dia — ou antes a noite. Não, o dia. O dia inteiro. Marque-o com uma pedra branca. Que tal o penhasco branco do hotel? Marque-o. E os olhos? Marque-os também. Marque o dia, agarre-o, pegue-o pelos peitos. Peitinhos, melhor dizendo. Marque-o, por favor, não seja desleixado. Marque o dia. Era 16 de junho de 1957. Foi esse dia? Esse dia não é seu. Não pode de maneira nenhuma ser dia 16. Mas era junho e era 1957. Mas provavelmente não era dia 16. Digamos com firmeza que talvez não fosse esse dia. Mas era, creiam-me, junho e 1957. Bom, vamos deixar dia 16, se quiserem. Devemos marcá-lo com uma pedra branca. Deixe a data, deixe-a, que não me incomoda, mas será uma data de ficção, não a verdadeira. E quem quer uma data de verdade? Por isso te digo, deixe-a. Embora creia que não, você deva tornar a mencioná-la. Pegue a pedra e deixe o dia.

Eu sabia que não devia vir de ônibus, mas o que querem? Um táxi até Las Playitas teria me custado, como se diz, um ovo e parte do outro. Mas lá estavam descendo pela porta da frente, inevitáveis, o compositor Luzguardo Martí e sua mulher Marina com duas crianças, obviamente filhos deles: todos formavam uma grotesca família de feios que eram. Martí tem uma cabeça de hidrocéfalo compensado que de perfil lembra a cabeça de Debussy. Talvez por isso queira ser compositor. Luzguardo, que é bem baixinho, aspira às notas altas da música oculta ou culta. Ele afeta essa pronúncia dos rapazes, rapazolas na realidade, do Vedado Tennis e do Habana Yacht Club, que falavam como motoristas de ônibus de ouro, como gente baixa que sabiam que eram na verdade classe alta. Afetavam, por exemplo, as consoantes duplas como em douttor e diziam assurdo por absurdo e pareciam, se você fechasse os olhos, mulatões de San Isidro e Paula, mas falavam ao puro modo do Vedado ou de Miramar: gente rica, esnobes invertidos, mas nenhum, coisa curiosa, era invertido. Não tive outro remédio senão cumprimentar: tinham me visto.

— Rapaz — disse ela, tão popular de casa rica que era. — O que você faz por aqui a estas horas?

— Olá, Marina. Agora tem de reservar hora para a praia?

Luzguardo, compositor laureado de música tão séria quanto ele, interveio:

— Marina quer dizer... — e ela o interrompeu:

— Luz, eu digo o que quero dizer.

Luz (nunca tinha ouvido esse nome num homem), sem dúvida iluminado, se aproximou de mim e me perguntou:

— O que está fazendo por aqui? Você não é homem de praia.

— Na verdade venho ver uma beldade.

Luzguardo se aproximou mais de mim, do lado da minha orelha, Van Gogh que sou, sua grande cabeça com bigode marciano adjunto, para me sussurrar:

— Seu sacaninha.

Assim eram os compositores de música séria, mas nada sérios. Seguiram em frente os dois, a caminho da praia arrastando sua prole. Diga, espelho meu, a verdade, não é sem par a sua grande fealdade?

A estrada nova tinha se transformado no velho caminho de Santa Fe, o que eu percorria com meu irmão para ir, na mesma rua, ao cine Alcázar, ao Majestic, ao Verdún, cantando por todo o trecho que íamos pelo caminho de Santa Fe. Agora a nova estrada era como um caminho de ouro até a geometria do amor... Ia eu por um caminho no meio da estrada sem prestar atenção no trânsito porque, simplesmente, o caminho estava só e vazio, a estrada tão nova parecia recém-inaugurada ou ainda não inaugurada. Como Estelita tão nova parecia recém-inaugurada ou ainda não inaugurada. Como Estelita.

O bairro, o distrito, o subúrbio era tão novo que não havia árvores em lugar nenhum, apenas arbustos que eram arvorezinhas esquálidas que queriam anunciar a intenção jardineira de plantar para o futuro, daqui a vinte anos: hoje uma aposta, amanhã uma alameda.

Atravessei a rua e de imediato me dirigi em busca do amor, do meu amor, tão perto da praia agora, minha Stella Maris.

Olhei o mar e o vi como se o visse pela primeira vez: um mar antigo, um mar moderno. Depois surgiu ela, que me pareceu, primeiro, insuportavelmente moderna, e depois tão antiga quanto o mar. Era a mulher, ou melhor a moça, que deu origem a este livro. Mas não era Vênus surgindo das ondas, porque o mar se via liso agora e ela surgia como que aparecendo entre bambolinas que eram as grandes portas do edifício, mais mármore do que mar. Ria o mar, escreveu Górki. Imbecil.

Saiu do mar sorridente ou do sorridente mar saiu?

Ela se parecia, juro, com a Brigitte Bardot. Mas naquele ano, lembrem-se, todas as moças modernas se pareciam com a Brigitte Bardot. Era um cruzamento de Mylène Demongeot, que copiava Brigitte Bardot, com Françoise Arnoul, que parecia não querer se parecer com ninguém. Embora Arnoul tivesse a cabeça e os olhos negros e Estelita tivesse tudo cor de mel: pelos, pupilas, pele.

Tinha as mãos, ou melhor mãozinhas, rosadas, lavadas. É assim que gosto das moças, com as mãos limpas. Mas roía as unhas. Uma vez li na *Seleções* do *Reader's Digest* que as mulheres que roíam as unhas eram infelizes, desgraçadas. Parei de olhar para as mãos dela embora fizesse um bom tempo que não lia *Seleções*. Que tal seus braços? Eram curtos e redondos mas não nevados, e sim bronzeados, cor de ouro. Uma penugem dourada cobria seus braços até o cotovelo. Nos braços, nos cotovelos. Pele de pêssego se chama essa penugem apesar de não dar pêssego em Cuba. Era melhor chamá-los de mel. Em todo caso, mel eram. Mel no olho. Mel *de cara*, que é o último que o açúcar destila.

Mel virgem. Mas me lembrei que não se fez mel para a boca do asno. Em todo caso, Virgem era.

Foi agora que vi que não tinha pernas belas. Eram curtas e gordas até o joelho e com muito pouco tornozelo. No entanto suas coxas, também curtas, eram agradáveis, não era ela Cyd Charisse. Mas ela era Estela de verdade, perfumada como uma dama-da-noite, cálida, próxima, inclinada como o mar. Ah, Stella Maris!

— Que nome você me dá? Mata Haris?

— Oh, não, Stella Maris, que quer dizer estrela do mar.

— Prefiro que você me chame por meu nome.

— Está bem.

— "Estrela do mar". Veja você, nem sequer sei nadar.

Amar quer dizer, segundo o bolero, encontrar sua deusa. Amar é algo sem nome que encadeia um homem a uma mulher. Isto é, elevar o divino através dela. Amar é o plano da vida, amor essa coisa divina. Ardor aumentado: puberdade nova, adoração de novo.

Senti um pânico novo, uma angústia. No lugar do estômago tinha um vazio, um obstinado abismo. Não há dúvida, eu tinha me apaixonado, estava apaixonado e o amor era como uma lua invisível ali onde a lua é mais visível. Meu Deus, era isso afinal de contas o amor?

Beijei-a.

— Por que você fez isso?

— Porque te amo. O amor, você sabe, dá direito embora pareça torto.

Parecia que ia me esbofetear e foi o que fez: Zás! Soou o zê bem soado.

— Por que você fez isso?

— Porque acho que te quero e não quero.

Aproximou-se de mim, acreditem se quiserem, me beijou. Separei-me dela.

— Então por que me beija?

— Porque quero.

Sorriu para mim.

— Quero e não quero. É esse o problema. — Mas pela primeira vez me calei a tempo e, como uma espécie de recompensa por meu silêncio, tornou a me beijar. Ela em silêncio também. Só se ouviam os beijos.

— Covarde — sussurrei.

— Covarde? Eu? Ora! Deixe eu rir.

—É covarde.

Mas não riu.

— Deixe eu te dizer — disse ela — que ontem à noite eu te salvei a vida.

— Ah, sim?

— Ah, não. Ouça bem — era uma das suas frases favoritas extraídas do espírito da nação que ela encarnava tão bem. — É que sou menor.

Se há inversões em seu discurso é porque isto que vocês estão lendo é uma versão, não uma diversão. Ela saiu do vernáculo para me espetar uma pergunta que era uma resposta.

— Quem é covarde agora?

Ela me olhou de baixo a cima com se me olhasse de cima a baixo.

— Ou você é um boboca. Ou se faz de boboca, o que é pior. Não percebe que não tenho dezesseis anos?

Meu Deus. Dezesseis anos é o limite do consentimento nas mulheres. Ela era uma menor e não tinha me dito isso até agora. Ela não tinha dezesseis anos! Estupor, estupro. Isso quer dizer um ano, oito meses e vinte e um dias na prisão mais próxima. Como eu não tinha visto? Como ela não tinha me dito antes? Como declarava agora e ficava tão tranquila? Estupro, estupor.

— Não se assuste — disse ela na mesma voz altissonante —, ninguém vai ficar sabendo.

— Verdade? Que fazer?

— Não tem que fazer nada porque nada fizemos.

— Você é tão adulta...

— Mas não para a polícia.

Haveria uma polícia do sexo?

— A polícia?

— O juiz, o que for. Você irá para a prisão mas eu vou para a correcional e dali pra Aldecoa até fazer dezesseis — disse isso como se dissesse "Até que a morte nos separe", mas não era, claro, nem um casamento morganático, eu não tinha lhe dado nenhum presente nem tinha havido nenhuma consumação.

— Por que Aldecoa?

— A prisão de mulheres delinquentes, de garotas transviadas.

— Como você sabe tanto disso?

— Meu pai é juiz.

— Juiz?

— Era. Morreu este ano. Por isso eu procurava trabalho. Ainda procuro. Você sabe de algum?

— Em teoria não, mas talvez na prática.

— O que você quer dizer? Por que fala tão esquisito? Responda a esta pergunta primeiro. Você é casado — não ponho ponto de interrogação agora porque de alguma maneira não era uma pergunta.

— Casado e mal casado.

— Tinha razão minha mãe.

Fez uma pausa em que podia ouvir seu falsete.

— Que prognosticou que eu me apaixonaria por um homem escuro, baixote, que fumava charuto e era casado. Você fuma charuto, por acaso?

— Não. Só cigarro.

— Cigarro.

— É, cigarro.

— Ainda bem. Ficaria chateada se minha mãe fosse adivinha, além do mais. O que vamos fazer?

— Como, o que vamos fazer? O que estamos fazendo, não? Sempre podemos ter um passado. Juntos, os dois, que nos juraremos amor até a morte ou o esquecimento. O que vier primeiro.

O amor é como se te pusessem algo que te tiraram e nunca esteve ali.

— Me fale de você.

— Hmm.

— Quero saber tudo.

— Hmm.

— De você.

— Hmm.

— O que significa?

— O quê?

— Esse hmm.

— Ah, isso.

— Sim, isso.

— Significa hmm. Ou seja-se, que não quero falar de mim. Está bem?

— Não se diz ou seja-se, se diz ou seja.

— Ou seja?

— Pensando bem, é melhor o seu ou seja-se do que o meu ou seja, que é quase uma invocação ao mar em inglês. *Oh sea!*

— Não entendo. Juro que não te entendo. Te ocorrem as mais estranhas ocasiões e as mais esquisitas conversações.

— Universo.

— Que universo?

— Um verso. Você está falando versejado.

— E o que isso tem de errado?

— Continua rimando. Não se deve rimar quando se fala em prosa.

— Eu falo em prosa?

— Tem falado a vida toda.

— Quem disse?

— Molière.

— Na vida. Nunca na vida o conheci. Quem é.

— Um teatrólogo amigo meu.

— Você e seus amigos.

A luz criava agora uma auréola, um efeito deslumbrante no seu rosto.

A garota de ouro, *the golden girl*, é um mito do Ocidente: Helena, a da maçã, Isolda, as Vênus de Tiziano, que voltam com Marilyn Monroe, "Os átomos fatais repetirão a urgente Afrodite de ouro", disse o Argentino, e eu, aqui, diante dela, tinha a lourinha, minha versão da loura de ouro. Minha ânima versão.

No dia seguinte telefonou para mim na *Carteles*. Quase não conseguia ouvi-la porque Wangüemert estava conversando. Wangüemert era o chefe de redação e uma das pessoas que falava mais alto nesse país de gente que não fala alto mas altíssimo que é Cuba. Naquele momento Wangüemert emulava Estentor num dos seus dias altivos. Tudo o que pude saber é que Estela queria me ver naquela noite, por volta das dez, que eu a esperasse no Quibú, que era o nightclub à margem do rio quase ao lado da casa dela. Disse que sim, que iria, que às dez. Quando desliguei, Wangüemert aproveitou meu silêncio para gritar por meu nome. O que queria? Dar-me bom-dia porque ainda não tinha me visto naquela manhã. Intimidades.

Wangüemert era chato e ao mesmo tempo divertido. Cheguei a ter afeto por ele apesar de alguns aspectos da sua personalidade serem detestáveis. Como a covardia que o obrigava a tratar de conservar seu cargo a qualquer preço. Seu medo não era contagioso porque se reservava. Além do mais era um fanático do *status quo*: que nada se mexesse ao seu redor, que a revista não mudasse, que seu cargo durasse para sempre. Era tão conservador que não sentava numa cadeira giratória mas de pernas rígidas, como que pregadas no chão.

Era enternecedor, porém, o respeito misto de afeto que adquirira por mim. Também gostava de vê-lo lendo jornal, não outras revistas, mas o *New York Times*, por exemplo, como se esse jornal estrangeiro trouxesse notícias pertinentes, não só para a *Carteles* mas para sua própria família, já que era um pai excelente. Outra das suas manias era gritar meu nome para chamar a atenção para algo que lia, com um prévio "Ouça!" que não era ameaçador mas generoso, compartilhando comigo algo que, na maioria das vezes, não tinha a menor importância, mas sua voz tonitruante era como o aviso de um alarme com a campainha perto demais.

O jardim do Quibú junto do rio Quibú tinha um fícus no fundo que parecia um elefante morto que nunca encontrou seu cemitério e morreu de pé. Ao lado do rio havia uma paliçada de bambus como uma cerca de madeira viva. O jardim era um é não é selvagem. O piano dentro encontrava fora um coro de grilos e rãs que conseguiam, por arte natural, cantar em uníssono e às vezes numa recôndita harmonia imitativa.

O bar Quibú se estendia sobre uma pequena ponte até o meio do rio que era na realidade um ribeiro. Na margem de um ribeiro cresce uma ponte. Pretensões do bairro que não era nem sequer os contrafortes do Biltmore. Era, visível, meia-boca. Mas essa noite não se via nem mesmo a ponte ou a outra margem por culpa de um nevoeiro que era naquele bairro neblina, que surgia do ribeiro e por entre as varas de bambu. Atravessar a ponte não era atravessar o rio. Disse a ela que a esperava do outro lado. Estar apaixonado é estar de repente doente, pegar uma doença em que a convalescença é parte e parcela. O próprio aspecto da ponte, uma pontezinha, não um terraço, era parte da doença, e o bar agora era sua parcela.

Havia um piano num canto. Onde quer que seja tem um piano num canto desta cidade. Não por nada, quando Gottschalk veio a Havana, faz exatamente cem anos, pôde organizar um concerto gigante com cinquenta pianos (!) tocando às vezes em uníssono. Cinquenta pianistas com cinquenta pianos. Havia pianos para todos. Agora este pianista tocava mais solitário que só. Aproximei-me do piano e vi que havia um anúncio quase invisível sobre a modesta cauda. Dizia "Paquito e seu piano" e embaixo "Paquito Hechavarría toca a pedidos".

— Como se chama essa música?

— É um bolero.

— Como se chama?

— "Piano". É um bolero com o piano como protagonista. Diz assim:

Piano que acompañas mi tristeza.

Continuou cantarolando mais que cantando para terminar com uma coda mais breve que a cauda do piano.

— Conhece "Perfidia"?

— Claro que sim.

— Quer tocar?

— Claro que sim.

Começou: "Mujer / si puedes tu con Dios hablar / pregúntale si yo alguna vez / te he dejado de adorar".

Foi assim, acho, que comecei a pedir ao pianista da vez que tocasse "Perfidia". Não sei o nome do compositor cuja obra-mestra eu fiz que recordassem e acordassem em toda parte. Houve um pianista em Adelaide, Austrália, que se recordava dela, um pianista tocando um piano branco na Harrods, outro pianista em outra loja, a Barkers de Londres, um pianista no vestíbulo do Hotel Chateau Marmont de Hollywood, outro e mais outro pianista

61

em outras partes do mundo tocando a melodia de ambiente para Bette Davis e Paul Henreid em A *estranha passageira,* a música que Ilsa e Rick dançavam em *Casablanca,* soando no cimbalão do cabaré de Bucareste que a estranha beleza de Faye Emerson dominava em A *máscara de Dimitrios,* ela a amante do implacável Dimitrios. Sua melodia de bolero soando como samba lento, como valsa branca de Paris, como vulgar melodia búlgara, já convertida ao folclore euro-oriental. Mas o amor veio interromper a melodia do amor.

Disse a ela que estaria no bar e de repente lá estava ela na parede aberta como um terraço para o rio, emoldurada por essa abertura e o rio atrás. O nevoeiro atrás, atrás a noite. Então chega até meu nariz um aroma de chipre que vinha em ondas como as do mar, entre a espuma da lembrança vinha ela agora como quando a conheci. Mas logo notei uma coisa incoerente: vestia um impermeável embora a noite estivesse mais seca que a palma da minha mão. Na parede de fora do bar havia um golfinho dessecado, laqueado para dar a ideia de que havia acabado de sair da água.

Um pombo voou acima da sua cabeça, sua brancura imóvel captada por um momento pelos refletores do nightclub que iluminavam o rio e a ponte sobre o rio. O pombo, doméstico ou domesticado, se perdeu na noite, e a luz, movendo-se sozinha, iluminou por um momento as rosas do jardim.

De algum lugar vinha um cheiro de madressilva (curioso nome) que fazia do jardim uma versão do paraíso. Até havia outro Adão e uma nova Eva.

— Gostas deste jardim que é teu?

— Meu?

— É uma citação, que nos veio ao encontro. Um encontro na noite um encontro de amor.

Ouvia-se ao longe um rumor contínuo que às vezes se tornava um rugido humano. Era que estávamos detrás do cinódromo e o clamor anunciava o triunfo de um cachorro favorito.

— Sabe que os galgos sempre morrem do coração?

— Nem imaginava.

— Por correrem tanto.

— Sei...

— Você não gosta de cachorro — mas não era uma pergunta.

— Não é que não gosto. Detesto.

— Eu tenho um cachorro.

— Temia isso.

— Mas posso te dizer que os galgos que sempre perdem, depois da última corrida, são mortos.

— É o destino deles.

— Mas é um destino miserável.

— Pelo menos é um destino.

Continuamos andando em silêncio até a casa dela, que ficava de um lado da estrada de Santa Fe, mas em pleno Biltmore.

— Chegamos.

Sua casa não era geminada mas tampouco isolada.

Ela tirou a chave de um bolso e abriu a porta e ao entrar acendeu a luz da sala. Ficava para trás a rua quieta, ainda iluminada pela lua, a perigosa luz da lua. "Esses halos às vezes se fazem visíveis pela espectral iluminação da lua." Olhei para o resto do céu em cima para lá das palmeiras, escuro quase negro com pontinhos. Tive de dizer alguma coisa:

— A lua move as altas estrelas.

— Você acredita na astrologia?

Eu acreditava tanto quanto na astronomia. Também me fiava na quiromancia, na adivinhação por meio das folhas de chá, no candomblé e nos búzios tirados para criar o futuro, nas predições do professor Carbell, na interpretação dos sonhos do dr. Freud, nas pinceladas sanativas do dr. Pérez Fuentes, nos colagogos do professor Kourí, na eficácia purgatória do Veracolate, nas pílulas de vida do dr. Ross, e não acreditava no Evanol e no composto vegetal de Lidia E. Pinkham porque essa era farmacopeia feminina. Também acreditava nessa forma oculta da Western Union da mente que se chama telepatia. Acreditava talvez na transmigração das almas, nos espíritos (bons e maus) e, sobretudo, no eterno retorno do filósofo louco. Quando recitei esta lista a Estelita, ela me disse que não acreditava em nada. Em nada. Nem mesmo na loteria. Ah, essas garotas modernas.

Ficou olhando para mim.

— Você acredita em fantasma?

— Não — brinquei —, mas tenho medo deles. Sempre que posso faço piada. E você?

— Também não. Mas morei numa casa em Nicanor del Campo em que apareciam fantasmas. Pelo menos um. Mas nunca vi. Se bem que ouvia coisas.

— Portas que rangem, correntes, o vento incessante.

— Como sabe?

— Sempre tem uma história com correntes invisíveis, portas que rangem e vento que ulula. Uh lá lá.

— Gostaria de acreditar em fantasma.

— Por que em fantasma?

— Pra acreditar em alguma coisa. Não acredito em nada, em nada.

— Parece um verso de Barba Jacob.

— Qual barba?

— É um poeta sem barba que queria subir ao céu da posteridade pela escada de Jacó.

— Ah, meu Deus. Você me enche a paciência.

Agora olhou fixamente para mim.

— Você me ama?

— Essa pergunta é quase uma obscenidade. Claro que amo.

— Eu juro. Você jura?

Virei e disse:

— Pela lua de noite.

— Não jure mais pela lua.

— Tem razão — falei. — Não é para jurar pela lua, é para jurar por algo mais duradouro. Por minha mãe distante então.

— Está viva?

— Mas está longe, em Oriente, na minha cidade.

— A minha devia estar mais longe. Devia estar morta. Eu a detesto. Não tem ninguém que eu odeie mais.

Escrutou-me. Queria ver minha reação?

— Que horas são?

— Cedo.

— Deixe eu ver.

Agarrou minha mão e ao contato da sua pele com a minha senti um calor mais intenso que a noite e o trópico.

Soube então que o amor não é mais que uma coincidência fatal: estar num lugar adequado num tempo torpe, inadequado e totalmente inóspito. O amor é um efeito sem causa.

— Posso perguntar uma coisa?

— Por que não?

— Você tem uma arma?

— Não visível agora, mas tenho.

— Estou falando sério. Muito sério.

— Você me confundiu com aquele compositor da praia. Não sou sério.

— O que quero perguntar é se você tem um revólver.

— Você acha que tenho cara de polícia secreta ou de terrorista declarado? Não, não tenho revólver nem vi nenhum em toda a minha vida.

— Você não pode arranjar um?

— Creio que não. Pra que você quer?

Nem sequer fez uma pausa.

— Pra matar minha mãe.

— Você vai matar sua mãe?

— Eu não. Você é que vai.

Devo ter saltado e voltado a cair no mesmo lugar ao mesmo tempo. Mas não era uma questão de tempo nem de espaço: era uma questão moral. Mas não era o lugar nem o momento para a ética. Resolvi ir na sua onda.

— Como vou matar sua mãe?

Não quis dizer o método nem o modo, mas expressar meu espanto.

— Com um machado. Tem um na cozinha.

Seu pensamento seguia uma lógica impecável mas implacável.

— Por que vou matá-la? Para fazer isso tem de haver um motivo.

— Porque estou te pedindo. Quer motivo maior?

Por um nanossegundo pude ver em seus olhos uma coisa que não estava lá antes, e que agora desapareceu num instante. Um nanossegundo pode durar uma eternidade e ser a medida do universo. Meus conhecimentos de astrologia, de *astronomia*, me permitiram medir seu olhar. Ela, em seus olhos, naquele momento infinitesimalmente duradouro não era ela. Era alheia. Alheada. Estelita, não havia dúvida, estava louca: era uma louca e ao mesmo tempo racionalmente cordata.

— Se você gostasse de mim como disse que gostava, você faria. O assassinato é uma coisa séria, segundo Islands. Iles.

Fitou-me com seus grandes olhos de bebê: limpos, inocentes. Suas pupilas eram enormes mas rodeadas de muito branco, o que tornava seus olhos mais abertos e redondos.

— Quero que você mate mamãe — me disse.

Achei que não tinha ouvido direito. Ainda tinha olhos de inocência mas não havia pestanejado uma só vez. Os olhos que não pestanejam criam um olhar perigoso. Ou ela havia lido as mesmas histórias policiais que eu li ou tínhamos visto juntos os mesmos filmes de mistério em que Barbara Stanwick pede a Van Heflin para matar Kirk Douglas. Ou Jane Greer pede para Robert Mitchum matar Kirk Douglas. Ou Jean Simons mata a mãe, o pai e Robert Mitchum. Ou tínhamos visto os filmes baseados todos nos livros da série negra. Tudo negro. Como a noite lá fora ou o resto da casa porque só a sala estava iluminada. Confesso agora que ela me pegou tão de surpresa naquele momento que não pude, clichê, deixar de dizer:

— Que é isso, um filme *noir*?

— O quê? Não entendi.

— Deixe, deixe. Não é nada.

— Tá bem.

— De maneira que você quer que eu mate sua mãe?

— Ela não é minha mãe realmente.

— Já sei. Não precisa dizer. É sua madrasta.

— É o que ela é.

Será que ela tinha visto em menina *Branca de Neve*, como eu?

Malvada Madrasta é Assassinada por um dos Sete Anões, é o que diriam na crônica policial do mais negro dos jornais da manhã, *Ataja*.

— Mas pelo menos me ajude a matá-la. Está bem?

— Não, não está bem. Está mal. Muito mal. Prefiro que me permita te considerar um sonho. Ou um pesadelo.

Saí da casa. Não sei, não me lembro como fiz mas fui tão longe quanto podia então: para a minha casa. Ela ficava para trás, como a noite. Ela tinha se revelado — ou antes rebelado — como uma garota dura, loura mas com um halo escuro ao redor da cabeça. Pareceu-me então capaz de tudo, inclusive do que eu nunca seria capaz.

Quando cheguei em casa era bem tarde. Enquanto a cidade dorme eu desvelo. Abri a porta sem fazer barulho e passei da entrada à sala. Fui para o meu quarto e quando abri a outra porta pude ver, dormindo, minha mulher, com a boca meio aberta e os olhos cavos. Dormia despreocupada. Despi-me com cuidado e me deitei do meu lado, pensando no que havia acontecido e ao mesmo tempo imaginando o que aconteceria amanhã. Quer dizer, hoje.

Olhei e a vi como se a deixasse para trás. Foi então que notei que estava vestida de branco: sapatos brancos, meias brancas, vestido branco. Só faltava a touca branca. Tinha se disfarçado de enfermeira.

Levava na mão um machado, uma machadinha, uma picareta.

Seria uma Lizzie Borden do trópico? Frustrada Lizzie em todo caso, prematura Borden. Mas o Quibú não podia ser uma versão de Fall River, massacre de Massachusetts em que Lizzie the Lizard, mais que lagarto ou camaleão, tratou primeiro de envenenar sua madrasta ministrando-lhe ácido prússico em quantidades letais. Ela tomou o café da manhã sozinha alegando: "O calor excessivo cria paredes no ventre". Sim, singular. Depois soltou uma gargalhada curta. Um pouco mais tarde deu um grito de socorro: "Corram! Acudam, mataram minha mãe!". (Borden odiava as aliterações.) A senhora Borden, a mãe, a madrasta de Lizzie, quando dormia foi assassinada a machadadas com sua cara literalmente feita em pedacinhos. Lizzie Borden foi presa naquela mesma manhã acusada de duplo assassinato. (Também havia matado o pai.) Uma teoria do móvel é que a madrasta havia servido no café da manhã uma infame gororoba feita com os restos do jantar da noite anterior. Cozido. Uma quadrinha decidiu que o parricídio era mote para uns versos, que dizem assim:

Lizzie Borden com sua machada
assentou na mãe vinte machadadas.
E ao se dar conta do que fez
quarenta deu no pai por sua vez.

O poema não tem copyright e deve ter sido escrito por esse autor anônimo que se chama folclore. Lizzie Borden dormiu aqui e deu ao mundo poemas e pesadelos. A culpa foi da menstruação, porque a solteira, quase solteirona Lizzie Borden padecia de transtornos e dores menstruais. Declaração última do advogado de defesa: "Senhores jurados, se minha cliente é culpada, é então um monstro da natureza. Mas olhem para ela", apontando-a com um indicador cúmplice: "Por acaso parece ser um?". Miss Lizzie Borden, bela mas de óculos, foi absolvida. A arma do crime, um machado ou machadinha, nunca apareceu.

Foi então que me dei conta de que estava com o *seu* machado na *minha* mão. Minha Lizzie Borden não o tinha reclamado nem o tinha recobrado. Decidi deixá-lo onde devia e levei-o comigo segurando-o com dois dedos para a cozinha e o depositei debaixo da pia. Antes, mediante pano de prato, apaguei todas as minhas impressões digitais — e talvez a de outros mais. (Detesto as rimas involuntárias.)

Não estava olhando para mim agora. Faz tempo que não olhava. Olhava para a parede atrás, que era um muro vazio. Tão vazio quanto seu olhar. Era seu olhar vácuo que criava o vazio. Vacante era o nome desta bacante.

Por um momento desviei minha vista do seu corpo para notar que aquela sala havia mudado da noite para a manhã. Onde antes não vi nada vi agora o grande espelho — ou assim me pareceu em minha estranheza. Avancei para o espelho hipnotizado (ou melhor subjugado) e nele vi minha imagem agora coberta de sangue. Foi só um instante que durou a imagem do espelho e o próprio espelho uma miragem, era tudo produto da minha imaginação — ajudado por Poe. Pude voltar a ela, à realidade, que era mais atroz do que qualquer imagem, virtual ou desvirtuada, mais perigosa. Eu me movimentava, me movimentei e continuei me movimentando — em direção à porta.

Aproximou-se de mim e passou seu braço ao redor do meu pescoço. Havia tal ansiedade em seu rosto e tanta raiva no corpo que me lembrou Françoise Arnoul em *La rage au corps*, onde ela era ao mesmo tempo a raiva e o corpo. Agora minha Françoise Arnoul pessoal podia muito bem tentar me estrangular. Não era tão difícil: um braço no pescoço, um aperto e um som de estalo, trac que se quebra e fora catarro! É rápido assim o trânsito entre a vida e a morte.

— Me leve com você.

Com você, com você.

Nós dois atravessamos o jardim, caminhamos pela calçada nova, atravessamos a rua recém-asfaltada e deixamos para trás o bairro Quibú e o rio Quibú e tudo o que recordasse o Quibú. Tomamos um táxi. Ela entrou primeiro e ao entrar notei que ela não tinha levado de casa mais que a roupa que vestia e as sandálias que calçava.

O que Branly fazia tão cedo na minha casa? Era para a despedida, como logo me lembrei, mas eu tinha esquecido. Só tinha olhos para a lembrança da noite de ontem. A noite de ontem à noite.

Mas, se é de dia, voltará a ser de noite? A despedida era para meu irmão que embarcava naquela tarde para a Rússia via marítima. Pode-se chegar à Rússia pelo mar? Se se chega a Paris pelo rio, por que não viajar pelo Volga, Olga? Esse era o nome do amor do meu irmão. Tenho de visitá-la um destes dias, uma destas noites.

Noite de novo e meu encontro será para o dia, para a tarde, esta tarde. *Questa sera. Chi sarà, sarà.*

De todas as refeições do dia, o café da manhã é minha favorita. Favorito que é masculino. Os masculinos são os menos culinos. Culinário.

Tomávamos o café da manhã e Branly também estava porque me acompanharia até o navio que levaria meu irmão para a Europa. Apesar de Branly, a família se via reduzida.

— Onde está Zoila? — perguntou Branly. Zoila era minha mãe.

— Foi ontem para Oriente — disse meu irmão.

— Oriente terra candente — cantarolou Branly —, onde nasceu o siboney — e parou de cantar para dizer: — Mas vocês não são siboneyes, são tainos.

— Minha mãe foi para Gibara — declarou e aclarou meu irmão.

— Gibara não tem rima — disse Branly —, a não ser com citara.

— Minha mãe foi para Oriente — disse meu irmão —, eu vou para o extremo Oriente.

— Rússia não é extremo Oriente — disse Branly.

— Se chama União Soviética — disse meu pai — e é o país do futuro.

— Com um passado — disse Branly.

— Disse Jeffries — disse meu pai —, é o futuro que funciona.

— Então vou pra União Soviética — disse meu irmão. — Que função.

— Vai levar uma tunda na tundra — sentenciou Branly.

Meu pai voltou a falar do futuro soviético, mas minha mulher não disse nada durante o café da manhã. Nem mesmo que minha mãe tinha levado minha filha, que era dela, com ela. Agora não restava nessa zenana mais que minha avó que, sem sair da cozinha, provera e proveu.

Minha mulher tinha saído agora, ido ao banheiro, suponho. Minha avó continuava na cozinha apesar do café da manhã terminado. Meu pai já estava na sala lendo o jornal — da manhã ou da tarde de ontem, dá na mesma porque para ele dava na mesma. Olhei à minha volta da direita para a esquerda e vi meu irmão, depois Branly e pude ver minha cara na cafeteira brunida. Coisa curiosa, todos os componentes do drama estavam ali. Não soube disso então, é claro. Sei agora. A vida tinha se organizado ao redor de três xícaras de café com leite.

— Nos vamos — disse Branly.

— Nos vãos — disse meu irmão.

— Os vãos — disse eu.

Íamos. Meu irmão com sua missão, Branly com sua micção (não pediu para ir ao banheiro desta vez) e eu com minha união. Não sabia então quão certo seria esse jogo de palavras. A gente nunca sabe onde vai nos levar o jogo, ainda que depois viesse o sexo.

Depois de deixar meu irmão seguro no navio e sem nenhum inconveniente com seu passaporte, sua passagem e seu endereço na Europa, nos preocupava que se soubesse que ia para a Rússia, para a União Soviética, para a URSS, que esse país tinha muitos nomes e uma só ordem política. Do cais de La Machina pegamos um táxi para deixar Branly perto e eu ir para a *Carteles*, onde um chefe de redação era alguém que podia ler um conto sem mexer os lábios. Meus lábios estavam cerrados. Mas eu estava tão excitado que não me incomodava a conversa que os colaboradores (*Carteles* tinha poucos jornalistas contratados) tinham com Wangüemert. Não era Ángel Lázaro o único exilado republicano, mas todos assinavam com um pseudônimo que Wangüemert inventava. Era, segundo ele mesmo, um perito em procurar e encontrar pseudônimos e até seu nome parecia um pseudônimo.

Minha excitação era porque Estela ligou e eu me encontraria com ela amanhã em frente ao cine Atlantic. Não almocei. Não tinha a menor fome. Era a excitação ou o amor? Foi a primeira vez que soube que estava loucamente apaixonado por Estelita. Uma canção popular expressava isso melhor:

Estoy loco
deseoso de verte otra vez

Num lugar próximo María Teresa Vera cantava no rádio uma dolorosa habanera.

Mas naquela manhã eu pensava na tarde, em que ela me esperava. "Às três era o encontro", havia escrito eu uma vez e agora essa frase se fazia verdadeira. Tratei de chegar cedo, mas eram três e ela não estava, decidi entrar no cine Atlantic que me convidava com seu ar-condicionado. Às três e meia tampouco estava. Viria ou não viria? Quando garantiu que viria, havia uma franca decisão na sua voz. Por fim, na terceira saída às quatro, ela estava em frente, à sombra do edifício Woolworth. Esperando-me. A quem mais se não?

A existência das borboletas parece ser ordenada por um código de beleza. As borboletas e as mariposas parecem ser insetos diferentes. Diz a *Encyclopaedia Britannica*: "Poucos idiomas fazem a distinção entre elas". No entanto algumas espécies se chamam tíneas ou traças e também falenas: mariposas noturnas que em inglês são apenas *moths*. Todas as borboletas empreendem uma longa viagem mágica mas imóvel do ovo ao inseto perfeito. Muitos ovos exibem bonitas estruturas em forma de alvéolo. A larva costuma ter patinhas em forma de garras no tórax, outras tantas lhe saem do ventre e são curtas apesar de terem ganchos em sua superfície simétrica. A cabeça é uma cápsula com seis olhos de cada lado e um par de antenas curtas. É incrível que um protótipo tão horrível, que sempre lembra os atrozes marcianos do cinema, se desenvolva até se tornar um inseto perfeito que vive entre flores.

Se o clitóris é o pênis menor, o clielo é uma breve sela para as larvas montarem quando se acoplam. Uma espécie de secreção as cimenta e depois ajuda a formar o casulo. Um aspecto extraordinário desse inseto extraordinário acaba de ser descoberto por cientistas japoneses. Na borboleta que tem o sonoro nome de *Papilio Xuthus* o macho tem uma lanterna erótica. O inseto perfeito não usa seu instrumento para se alumiar pelo caminho de toda carne, mas sim para localizar a entrada para a genitália feminina como olhos na noite do sexo. Foi esta a primeira vez que se demonstrou como funciona este órgão íntimo, até agora secreto.

Antes de chegar ao seu esplendor, a borboleta deve permanecer imóvel por um tempo, até romper a ninfa. Algumas larvas transformadas em crisálidas usam suas mandíbulas para romper o casulo e sair voando como uma extraordinária criatura do jardim — ou da selva. Essa beleza com asas é um presente da natureza.

Mas a enorme mariposa do trópico conhecida como bruxa é considerada uma visita de mau agouro. Borboletas e mariposas têm um nome extravagante em diversos idiomas, como no nosso, mariposa: *butterfly*, *papillon* e, em italiano, como uma gloriosa criatura da noite, *farfalla*.

Elas se alimentam do néctar que recolhem, como diz o bolero, "libando de flor en flor". Os aparentes adornos das asas atraem ou repelem seus inimigos e são uma camuflagem natural eficaz. Algumas espécies de aparência encantadora se alimentam de carniça. A espécie mais numerosa pertence à família das ninfas. Todas as borboletas e mariposas costumam viver vidas curtas.

Estela era pequena. Era muito pequena. Se houvesse sido uma estrela do cinema mudo teria sido normal. (Mas eu, então, não acreditava nisso.) Estela parecia, de fato, uma menina. Também seu olhos, capazes de criar um olhar entre perverso e perdido, eram olhos de menina, onde a cara se faz toda olhos. Com sua cabeça grande e seu pescoço comprido parecia uma boneca e era charmosa. Na verdade era mais bela que charmosa. Não era uma gema mas parecia genuína, com mais caráter que carats. Eu sei, eu sei: se diz quilates, que rima com dislate. Mas quem quer correção numa língua quando pode falar duas? Bípede, bífido.

Eu a vi agora como a veria outra vez no futuro ou nesse estranho fruto do futuro, a saudade. Seu vestido, que já não existirá, ficava curto para ela. Tão curto era que terminava onde começavam as coxas. Um atrevimento, uma audácia que não muitas mulheres se permitiam então: a saia à medida moral. Talvez ela, por parecer uma menina, fosse com essa saia a toda parte: sua casa, o ônibus, aquela esquina ali da 12 com a 23 eternamente povoada por campônios, malandros e pilantras de todo tipo que podiam muito bem vir do Egito para ver desfilar as múmias. A parte de cima, a blusa ou o que devia ser a blusa, também ficava curta mas desta vez mal chegava onde devia e continuava em duas finas alças que passavam por seus ombros e suas costas até se unirem de novo no vestido mais abaixo. Seus peitos, por serem peitinhos, também conseguiam o que queriam. Comi-a com os olhos e disse a ela não se mexa, porque queria detê-la nem que fosse um instante para sempre. A única coisa que eu temia era que passasse alguém, uma senhora de idade média (ou de classe média) e notasse minha turgência, minha urgência. Eu nem sequer podia, porque não era fotógrafo, lhe dizer: "Olhe o passarinho". Dissimulações.

Dizer que não usava porta-seios ou sustenta-seios, ou seja, sutiã, que é uma peça de "roupa íntima" para cingir o peito conformando-o, ou *bras*, moda americana para comercializar o sutiã *Maidenform*, reduzindo o *brassière* francês que não é mais francês e que agora se chama na França *soutien-gorge* (e não há vestido que cubra um desvestido com tantos nomes), quer dizer que não usava nada para cingir seus seios e era demais: Estelita estava quase, não quase, mas nua por baixo.

Minha primeira agradável surpresa foi substituída pelo alarme. Aquele era o primeiro exemplar de mulher moderna que eu via. Mas não era uma mulher, era apenas uma moça, uma mocinha vestida como uma heroína francesa dos filmes que eu tanto exaltara.

Ela não estava ao sol mas à sombra do edifício achatado e feio. Ao me aproximar pude ver que toda a sua cara, dos pômulos ao queixo, estava coberta por um breve velo de penugem que vibrava à vista como se fosse uma camada de poeira que brilhasse à luz: parecia um talco estrelar, um velocino de ouro. Mas eram minúsculas escamas que bem podiam ser a maquiagem ou a própria penugem que fulgia, refulgia e lhe dava uma cara de espectro louro. Seus cabelos mesmos pareciam mais louros agora, talvez por causa da vaselina.

Usava duas presilhas no cabelo, mais presilhas que fivelas de cada lado, que brilhavam ao sol como ouro. Embora fossem é claro de bijuteria davam ao seu penteado um aspecto de diadema. Mas sua cabeça era grande demais para seu corpo, a testa saliente era um arqueamento que partia das suas escassas sobrancelhas e se resolvia no cabelo louro. O efeito devia ser quase cafona mas por alguma razão não era. Lembrei-me da puta loura cuja cabeça, elmo de ouro, custava a cabeça de seu amante apa-

78

che. Mas essa loura sempre foi muito mulher. Estela era Estelita. Ou assim me pareceu então.

Era uma borboleta recém-saída da sua crisálida. Eu me senti exatamente como se sentiria um caçador sortudo: estendi minha mão e abri os dedos e de repente cresceu uma comprida, leve rede. Foi te ver e te pegar.

Estava ali inesquecível. Quer dizer, fixada para sempre na recordação na rua 23 esquina da 10, de pé não no segmento de cimento da calçada, mas na própria entrada da loja, em que não entrava porque era domingo e estava fechada, como avisava um letreiro tautológico que dizia "Fechado" e nem sequer se via o aviso que botavam na entrada do cine Radiocentro: "As portas abrem às três". Era bom que mal houvesse gente na rua, não muita em todo caso: todos os corpos abrigados na sombra.

Era bom essa pouca gente porque ela era uma tentação com seu vestido: quase um saiote de seda estampado com grandes flores coloridas que desafiavam a gravidade e a decência. Mas estava, ao contrário do dia em que a conheci, muito maquiada (olhos com rímel e sombra, olheiras malva, ruge e lápis de lábios). Compreendi que tinha se pintado parapintado para a guerra. Ela queria batalha mas a mim pareceu uma mascaramuça. (É que não posso, não posso evitar.)

Seus olhos pardos fitavam com uma intensidade adulta e todo o conjunto (olhar, inclinação da cabeça ao olhar, o que surgia do fundo de seus olhos como uma sereia que sobe à tona) era um convite à profunda viagem, eu embriagado por seu mais râncido perfume:

— Estela, você é uma *estela* — disse a ela.

— É meu nome, não?

— Falo do rastro do seu perfume.

— É da minha mãe.

— Onde você deixou a nobre senhora?

— Trancada em seu quarto.

— Vamos então?

— Aonde?

— Aqui ao lado, na 10 com a 17. É um clube que se chama Atelier.

Ao Atelier fomos. O clube era um nightclub que para anunciar seu nome não usava letreiro mas exibia, na calçada, na entrada, uma paleta de pintor de tais dimensões que o gênio da garrafa, se fosse pintor, acharia grande demais.

— Mas — exclamou ela — o que é que é isto?

— A casa que Van Gogh construiu. A outra orelha está lá dentro.

— Verdade?

— É, menina, uma façanha pós-impressionista.

— Juro que a maior parte do tempo não te entendo.

— Nós, gênios, somos sempre incompreendidos — ah, adolescência.

— Que chato. Não acha que devíamos entrar?

Ícone!, exclamei diante de uma foto de tamanho natural do Peruchín, vulgo Pêru, com seu charuto na mão que acariciava por igual as teclas brancas e pretas do seu piano mestiço. Atônito fiquei frente a frente com o grande pôster que proclamava sua música como "O Grande Bolero do Mundo". Poderá fechar meus olhos esse derradeiro reclame mas não meus ouvidos, não meus ouvidos. A esse mesmo mar da alma da música cantam as sereias com voz de mulher: as D'Aida, no outro extremo da rua 17, nessa outra parte da ribeira da música, elas cantarão, já cantam e encantam e eu que como Ulisses fiz essa viragem para tapar os tímpanos com cera, cerol ou cerúmen.

A frase escuro ao meio-dia, tão trazida, tão levada, parece querer ser uma metáfora do inferno, mas agora, passando da claridade zenital da rua 17, já sem bonde mas ainda com trilhos que brilham como cromo, entro, entramos, entra ela comigo do sol à noite do justamente chamado nightclub ainda de dia. Não é uma entrada para o inferno esta, mas para um dos paraísos possíveis: "a escuridão mais clara que o pleno dia a sustentava" pelo braço. Esse verso e minha mão tépida como a passagem do dia para a névoa, para a treva artificial. Quem quer invocar, convocar a noite? Eu, eu!

Entre o sol cegante e a cegueira de dentro, com esse nightclub mais escuro que um túnel numa mina, meus olhos se transformaram numa câmara escura: não via nada, nada. Nada-nada. Dando tropeções, eu, entramos, enquanto ela deslizou da entrada à pista de dança. Será que ela via no escuro como um gato ou já estivera ali antes? Um maître breve, um petimetre, nos guiou até uns assentos em que me sentei às apalpadelas. Espessa treva. Não era o escuro de um cinema ao meio-dia porque nesse sempre aparecia, mais cedo ou mais tarde, um clarão branco que vinha da tela. Agora o escuro era perene. Mas o *maître de noir* não tardou a nos perguntar o que íamos beber. Cubas libres, que mais podia ser? Era o mais expedito.

Mas e essa música? Vinha de algum canto escuro ainda mais escuro. Era um piano. Pelo menos o pianista veria as teclas brancas saindo das teclas pretas como o próprio maître músico. Dava para ver que ele era tão negro quanto o piano com sua cauda negra, que era o bicorne de um guarda civil na noite. Laca por toda parte. Corcunda e noturno, o pianista se aplicava. Lembrei-me que na paleta lá fora, abaixo do oco polegar e acima das manchas de cores, havia um nome e uma frase: "Peruchín, o mago do teclado". Agora passava de um bolero a outro com um passe de mãos.

— Os boleros. Me matam.

Se alguém disser a vocês por aí afora que danço como um pião, não acreditem, por favor. Nem que sou peão. Felizmente ela tornou a exclamar:

— Me matam!

Em todo caso, os boleros seriam bons para o mate. Mas não lhe disse isso porque isso ocorreu em outro tempo e além do mais eu ainda não a conhecia. Não de todo. Não realmente. Entrementes, Peruchín estava tocando um bolero sem ritmo, um medley de melodias que bem podiam ser boleros. O homenzinho, Peruchín, parodiava ao piano. Eram paráfrases ou metáfrases? Não era música para dançar mas para ouvir. Ri de satisfação. *Castigat ridendo*. Se eu pudesse escrever boleros, não me importaria não escrever livros. Naquela escuridão, ela olhou para mim e disse:

— Está rindo de quê?

— Você gosta do Elvis Presley?

— De quem?

— Elvis Presley.

— Não sei quem é.

— Não se interessa por música?

— Nunca ouço.

— Você me lembra o Costello.

— Quem?

— Costello, o sócio do Abbot. Abbot e Costello estavam sentados a um lado de uma pista de dança. Abbot pergunta a Costello: "Não gosta de dançar?". "Não", diz Costello. "Afinal de contas, o que é uma dança? Um par à meia-luz, com música, abraçados." "E o que isso tem de ruim?", pergunta Abbot, e Costello responde: "A música".

— Quer dançar?

— Quero estar com você, abraçados à meia-luz, e, como você não liga pra música, eu também não.

Tinha menos senso de humor que de amor. Não era uma púbere canéfora. (Deus, que ofício!) Por acaso me daria o acanto? Mas Peruchín estava de novo amenizando e me pus de pé, adivinhei sua mão no escuro e tirei-a para dançar puxando seu braço, ela já estava dançando, dançamos. Se se pode chamar de dançar o que fazíamos, já que mal nos mexíamos: era o bolero mais lento. Mais que lento. *Le plus que lent*. *Festina lente*, que é a festa lenta. De repente parei de todo. Ela chorava. Ou eram falsas lágrimas de glicerina? Perguntei por quê, por quem.

— É a música — disse, movendo as costas da mão em direção aos olhos, ao seu nariz úmido. Seria alérgica à música?

— Pensei que não gostasse de música.

— Não é a música, é essa música. Não consigo suportá-la. Melhor nos sentarmos — e voltamos aos nossos macios assentos de ferro.

— O que há?

— Não há nada. Vamos embora, por favor.

— O que que é?

— Nada. É isso o que é.

— Mas estávamos tão bem aqui... Só nós dois.

— É a música.

Peruchín ainda tocava "Añorado encuentro", saudoso encontro.

— O que acontece com a música?

— Não acontece nada.

— Não gosta do Peruchín?

— Muito pelo contrário. É que não consigo resistir.

— Peruchín?

— Peruchín, seu piano, este lugar que se transformou numa vitrola. Vamos?

Foi aí que soube que ela não gostava de música. Retardado que sou.

— Já vamos? Quero dizer: vamos já.

— Aonde vamos?

— Onde você quiser, mas sem música de fundo.

— O Pêru continua tocando "Añorado encuentro".

— Bom nome para um bolero.

— É o que é. Um bom bolero.

Na porta, debaixo do toldo negro e ouro, ao lado do anúncio que dizia Atelier com sua paleta multicor e o pincel dourado, com o cavalete que expunha "Peruchín e seu piano" e a foto de Peruchín sorrindo, com um havana talvez aceso na mão mas sem fumaça e o cabelo alisado tão negro quanto o piano. Menestrel maestro.

— Aonde quer ir agora?

— Você já me perguntou faz um minuto e eu te disse e te digo aonde você quiser.

Estava contente porque a levaria àquele lugar onde não a levei outro dia. Um lugar recluso, como cantava Lola. É que as mulheres são como os livros: a gente sempre tende a levar para a cama. Os livros que parecem ser virgens estão encadernados com capa mole. É preciso ter um abridor de livros. Um corta-papel basta.

A lua, como ela, era cor de mel agora ao sair à rua vertiginosa, que se deixava chamar por um número como se fosse um bilhete de loteria. Rua 17, um um e um sete: os fados como os dados. Deus jogava dados com nós dois. A sorte mais forte que a morte nos reuniu. Os fados estavam lançados e em seu breve rolar me foram propícios. Há que imputar ao destino sua sórdida manipulação da esperança.

Mas um dia — uma noite ou antes uma tarde: nem mesmo um dia — foi fulgurante como uma breve deusa à luz da lua e um dom do sol, quando foi fulminante como o raio que não cessa. Porém ainda mais fulgor: belo fulgor sem som. Nessa tarde já em frente ao cine Astral ou Atlantic (tanto faz: trata-se das estrelas e de um vasto oceano), esse entardecer de um fauno fátuo, contemplando a beleza jovem, talvez jovem demais, soube que era um regalo, uma regalia inesquecível. Para prová-lo escrevo agora esta página. Nunca é tarde. Mesmo que fosse meio século, um século depois, não passou um dia da minha vida sem que voltasse a vê-la, de pé, ali à sombra da loja da Woolworth que como havanesa ela chamava de *tencén*, com sua voz que ela dizia ser um falsete tropical, de salto alto que suas pernas curtas, gordas mas graciosas apenas dissimulavam. Ah, Estelita! Ela e a lembrança são outra *estela*, outro rastro. Mais que semental sou sentimental.

Mas o que recordo agora é o que quero recordar: Peruchín tocando "Total" no escuro e no frio daquele nightclub que era toda noite em pleno dia. Ela, claro, não se recordou de nada: não lhe interessava. Mas quero recordá-la no frio Canadá e na tumba escura. Pensem, por favor, como recordar se parece com gravar, em inglês. Recordá-la, a ela, é gravá-la na recordação. Eu a recordo toda.

Lentos correm os carros da noite, e o verso, o universo, não é mais que uma manobra para perder calor. Mas para que necessito andar com cuidado quando posso me mover no ar, tão embriagador como esta noite? Passei-lhe um braço pelo ombro e Estelita não mudou de posição. Nem sequer se mexeu. Era este meu ponto de fuga da garrafa magnética que era El Vedado agora?

Enquanto caminhávamos recendia a resedá, a jasmim de noite sob a lua, a Habanitas, que era um perfume da moda para mulheres na moda. Ah, essas mulheres! Não deveriam recender a tais combinações perigosas. Eu me perguntei, sem que ninguém me respondesse, a que ela recenderia em sua intimidante intimidade. Soube que poderia fazer comigo o que desejasse, tudo o que eu queria é que seu desejo coincidisse com o que restava da minha força de vontade.

Era como ela era, como se via, como eu a via naquele instante, quando soube que era mais importante que a lua e que a noite. Era um poema, que é como escrever neste momento.

— Podemos ir a uma pousada? — era uma pergunta que não era uma pergunta.

— Podemos.

— Mas você é menor.

— Agora não. Já fiz dezesseis.

— Quando?

— Esta manhã quando saí de casa, agora já sou maior.

Essa sim era uma notícia! Era, na realidade, como uma espécie de indulto antes de cometer o crime.

Uma pousada é um hotel que não é exatamente um hotel. Em francês se chama *hôtel de passe*. Não serve para dar pousada ao peregrino mas habitação ao devasso e sua companhia que não é necessariamente uma companheira que padece essa luxúria que nas mulheres é um luxo. Mas podia ser um refúgio. Não me preocupava mais a lei contra o estupro. Preocupava-me chegar ao refúgio. Afinal de contas, Estelita era uma fugitiva e eu a auxiliava em sua fuga. O que aconteceria se nos descobrissem? Felizmente nas pousadas não pediam nome, estado civil nem RG. Era só entrar e penetrar naquele labirinto do amor. Ali tudo era permitido — menos a violação. *Fornicatio non petita, accusatio manifesta*. Agora, além disso, tinha um motivo: *excusatio manifesta*.

Antes de pedir o quarto decidi ligar para casa.

— Tem um telefone aqui?

— Ali, no corredor.

Por um momento não consegui me lembrar do meu telefone. Truques que a culpa tem. Por fim liguei e minha mulher atendeu. Não havia mais ninguém em casa além de meu pai e minha avó. Como meu pai era surdo e minha avó já devia estar na cama, aquela voz alarmada era a da minha mulher.

— O que aconteceu com você?

— Não aconteceu nada comigo.

— Você está bem?

— Não aconteceu nada comigo, já disse.

— Quando vai voltar?

— Estou ligando para isso. Não vou voltar. Me furtivei.

Não achou graça nesse termo escolar para fugir da escola.

— Por favor, o que está querendo dizer?

— Quero dizer que não volto, que vou embora, que fugi com outra mulher.

Ouvi, como um eco à minha frase, seus soluços.

— Só te digo isso para que não fique preocupada. Não aconteceu nada. Estou bem mas não volto mais. Ouviu?

— Sim, ouvi — disse ela entre soluços.

— Não se preocupe que não vai acontecer nada comigo. Comigo nunca acontece nada. Vou desligar. Adeus.

— Até logo — disse ela chorando.

Desliguei. Não gosto de ouvir mulher chorando. Sempre me amolece a água das lágrimas. Mas não era o momento de amolecer. Sou puro mas duro. Sabia que minha mulher choraria um tempo e, como a empregada já tinha ido embora, minha avó dormia e meu pai devia estar imerso na leitura de um editorial ou dois, não prestaria atenção em nada que não fosse o jornal da tarde. De maneira que não haveria ninguém para compartilhar as lágrimas e minha mulher, daqui a um instante, pararia de chorar. Não há lágrimas sem testemunhas da dor. Entrei, entramos, na pousada que ainda não era sangrenta.

A satisfação do prazer cumprido. Depois de tudo fez-se uma vertigem. *Placer*: terreno plano sem cultivo no interior de uma cidade. Prazer, gosto com que se faz ou se consente certa coisa. Coisa que produz alegria. É de uso culto quando é imperfeito. Sensação produzida na sensibilidade estética por algo que agrada muito, como a canção "Mami me gusto" de Arsenio Rodríguez, sedento de prazer uma voz clama no deserto da noite. Sou um fidalgo do prazer. *Placet* diz meu cartão de visita. *Placer* é um terreno baldio, um *solar*. Um *solar* é também uma casa de cômodos: o *solar* dos meus ancestrais. É um cortiço e um cortiço é outra forma de dizer uma vila de quartos: mais que um quarto crescente é um crescente de quartos. O *solar* da Zulueta, 408, é um exemplo de falanstério familiar. Três quartos do mesmo agora reduzido a um quarto. Da pousada considerada como a única casa, o último refúgio. Quem casa quer casa mas para nós deram somente um quarto. Por um instante ou para a noite?, perguntou o porteiro da noite que nos propunha o ambiente da noite. Um sereno, além de guarda-noturno, é alguém não perturbado por uma paixão e eis que nosso sereno, rodeado de paixões inúteis, não se perturbava com nada, por causa de nada, nada.

— Toda a noite.

— São cinco.

— Como?

— Cinco pesos.

Assim me prejudica, o sereno. Serena é uma canção. Selena é a lua. Toquem uma serenata para mim. Minha pequena música noturna. *Meine kleine.*

— Como você sabe coisas, tu — disse ela, falando havanês.

— Você sabe o que dirá meu epitáfio que será meu cartão de visita para o além?

— Estou louca pra saber.

— "Sabia demais". O que dirá o seu?

— Vai estar em branco. Não dirá nada. Não mereço um epitáfio.

Não disse isso com tristeza nem havia pena por ela em sua voz: era uma declaração suficiente.

Ela entrando, eu fechando a porta atrás, ela dando um passo ou dois, flanqueando a cama e um poltronão, jogando sua bolsa quase bolsinha, no segundo ou na primeira (não me lembro), avançando até o centro do quarto, olhando para a vitrola remota, para o protuberante ar-condicionado agora, dando uma olhada no banheiro, tão escuro que parecia um quarto escuro onde se revelassem todas as fotos do coito às vezes interrupto com o interruptor que havia acendido ao entrar, tudo iluminado por luzes competentes de odioso flúor no teto, de vermelho cúmplice em cima da cama. *Voilà tout.* Mas ela não ia se deixar vencer.

— De maneira — disse ela — que é isto que é uma pousada.

— Assim chamam.

— *Isto* é uma pousada?

— Também chamada casa de encontros por tease Eliot, *hôtel de passe* por Sartre e *tumbadero* por Nicolás Guillén.

— Eles todos são seus amigos?

— Companheiros de viagem.

— Ah.

Fechada a porta a cal e encanto inspecionava eu o quarto, olhando para ela tão indiferente como sempre: vendo-a vágula blándula ir para a cama, sentando nela como se fosse uma cadeira comum, como se fosse uma poltrona agora, como um sofá, como a cama que era, não cansada, nada sonolenta da fuga a duas vozes, duas vezes. Disse a ela, ou antes perguntei:

— Estamos bem?

— Eu — disse ela — estou mais bem que o caralho.

Fazia calor apesar do ar-condicionado que zumbia na primeira noite — ou melhor na noite primordial. Comecei a tirar a roupa.

Pensei que uma vez no quarto ela cairia na cama porque estaria morta de cansaço. Mas o que ela fez me paralisou. Estela era uma caixa de surpresas.

Havia tirado o vestido como quem descasca uma banana e jogou a casca no único móvel do quarto à parte a cama: um poltronão cujo propósito não era claro. Deteve-se em suas calcinhas, mais breves que seu púbis, e finalmente se desfez dessa peça puxando-a por uma perna e depois pela outra e finalmente as chutou como uma bola morta para o poltronão.

— Sempre durmo pelada — me confiou, e se deitou na cama.

Mas era óbvio que não tinha intenção de dormir. Embora não tenha me convidado a compartilhar seu leito e meu leite. Ficou imóvel, seus olhos fixos no teto. Terminei de tirar a roupa para botá-la com cuidado na poltrona (que havia passado de móvel masculino a assento feminino) e ir para o seu lado na cama. Seus peitos, seus peitinhos, eram minúsculos como seu corpo. Nesse momento ela parou de escrutar o teto para me fitar. Teria adivinhado meu pensamento?

John Ruskin sabia tudo de ruínas e estátuas quando se casou com uma estátua viva chamada Miss Gray, que era tudo menos gris. Eufemia de nome, todos a conheciam como Effie, e de alta e visível que era podiam tê-la chamado de torre Effie. Na noite de núpcias, e à luz de várias velas, Effie tirou todas as anáguas requeridas pela moral vitoriana e expôs seu corpo nuzinho ante seu marido. Olhem só isto. Ruskin levou o maior susto da sua vida: Effie, no púbis, tinha velo púbico em privado! Até então Ruskin nunca tinha visto uma mulher despida. Como convinha a um cavalheiro consumado e a um esteta entre estátuas, viu, claro, que nas estátuas as mulheres tinham monte de Vênus e púbis e pomba. Tinham todo o equipamento sexual feminino: *tudo* menos pelos. Os de Effie eram louros como ela, como a penugem do milho, mas não eram menos pelos que os cabelos da bela noiva. Ruskin ficou paralisado um momento, depois saiu do quarto nupcial — e não voltou a entrar nele.

Cinco anos mais tarde, durante um processo de divórcio movido por Effie, a bela, que ainda era uma real beleza, tornou público não seu velo púbico, mas o fato de que de fato seu casamento nunca tinha se consumado. Para comprová-lo, um trio de médicos legistas examinou-a e declarou-a *virgo intacta*. Effie ganhou o caso e Ruskin perdeu a razão.

Recuperado, anos depois se apaixonou por Rose La Touche, curioso nome — mais curioso porque Rose, chamada Rosita, tinha doze anos. Pediu-a em casamento e seus pais, os de Rose, consentiram, com a condição de que Ruskin esperasse até Rosita se tornar Rosa. Aparentemente Ruskin esqueceu os espinhos na forma de velos que, para ele, erudito que lia grego e latim, devem ter sido um velocino, desta vez não de ouro como o de Effie, mas de ébano porque Rose era irlandesa. Felizmente para Ruskin e infelizmente para Rose, ela morreu antes de se consumar o casamento, antes mesmo de se casar, antes mesmo de ela deixar de ser púbere.

Ontem à noite: esta noite Ruskin podia estar na minha pele nunca circuncisa porque eu olhava, eu via, no meio da noite e da cama, Estelita, toda nua, seus braços, debaixo da sua cabeça loura, suas pernas separadas, sua vagina aberta e para cima e para baixo, em todo o púbis, na pomba primordial não ocultava nada, mostrava tudo, e não tinha um só pelo! Seus pentelhos brilhavam por sua ausência. Mas tinha, dava para ver, um púbis de Chavanne, de pedra polida pálida: o ideal de Ruskin se desvelava ante meus olhos e me desvelava. Eu me recuperei do meu assombro sem sombra, venci as distâncias e entrei na cama: ia me deitar com uma estátua clássica. Eu fui então o vingador de Ruskin por um momento e sempre (que é o que dura um coito: a eternidade que muda na gente) o fornicador de Estela, de Estelita, melhor.

Na cama nua (ela, não a cama), parecia uma das lívidas mulheres de Delvaux, apenas iluminadas pela lua com seu púbis (esse nome não pode ter plural: só há um) aleivoso e noturno. Mas Estelita não era pálida, e sim dourada. Iluminava-a a lua minguante que se via pelas janelas abertas para a noite. Todas as *demoiselles élues* de Delvaux tinham a negra noite entre as pernas, mas Estelita não. Seus peitinhos, dois, eram no entanto da escola de Fontainebleau de peitos. Fazendo-me de irmãzinha malvada, adiantei a mão feita indicador e polegar para espremer um (ou talvez o outro) de seus limões, escolhendo um mamilo como se quisesse desaparafusá-lo do peito ou girar a combinação da caixa-forte do sexo fraco.

— O que você está fazendo? — gritou ela. — Não vê que dói?

— Também a mim me dói. Tudo me dói. Como disse Unamuno, a mim me dói a Espanha.

— Um o quê?

Virou-se toda para mim:

— Por minha mãe, você está louco.

Comecei a mussitar para esta Musidora:

— Kyrie eleição kyrie ereção.

— E agora, caramba, o que você está dizendo? Não entendo nada.

— Rezo a meu pai e antigo artífice, agora e na hora da minha ejaculação.

Há um certo concerto num quarto fechado cuja discrição soa melhor, ressoam, ao ar livre: são os beijos. Os beijos que começam e terminam na praça pública e numa pousada se estendem em carícias intermináveis e trocam os lábios pelos grandes lábios.

Ela preferiu continuar explicando seu sexo desenhado por Ruskin.

— Ainda não nasceu o véu.

Ela queria dizer o velo, mas gosto mais de como ela disse.

— Então você é jovem demais para amar — cantei eu.

— Estou aqui, não?

Ela era surda a toda música possível. *Crise* se chamava esse quadro e quadro é quando dois, nus, vão para a mesma cama. Eu tinha esperado que ela se levantasse da cama, em cima da cama ou ao redor da cama e usasse seu lençol como uma lívida couraça de seu corpo e viesse me envolver (suas mãos segurando as pontas, seus braços enfronhados no pano para rodear com eles meus ombros e minhas costas) numa crisálida erótica. Mas não fez nada do descrito e ficou caída na cama, nua, de costas, quando eu já tinha saído da cama e estava de pé junto dela.

— O que está esperando?

— Espero você.

— De pé? Está louco! Deve doer.

Esta Estelita, Estalactita, Estalagmita: sua caverna súcubo, de entrada íncubo, antes espeleia, espeleonimia, espelunca nunca. Imagina vagina. Porque ela é impúbere púbere. Púbis. Ver virilhas e o motivo do V: V de virgem mas também de virago, vera efígie no verão emotivo do V. Em toda mulher há um triângulo. Pode formá-lo com dois homens. Mas tem de ser adulta para ser adúltera. E o que acontece quando o formam duas mulheres e um homem? E um triângulo de três mulheres? Não há um caminho de odor para a geometria do sexo. De dor, sim. Você me ouve, Euclides? Seu teorema tem três dimensões, não três lados e a cama quatro. *Quod erat fornicando.* Segundo a geometria euclidiana a rua Línea, ali ao lado, pode se prolongar até o infinito, mas não o orgasmo, que é meu instrumento favorito.

Imitei esse gesto, visto em tantos filmes, de fumar depois do coito. Fui pegar na minha roupa cigarro e fósforo. Acendi e fumando voltei para a cama. É assim que começam os incêndios, pensei, mas ela interrompeu minha reflexão pirômana.

— Você me deixa?

— O quê?

— Fumar.

— Não sabia que fumasse — embora devesse ter dito que fumava.

— Antes não, agora sim. Já posso.

— Vai ser uma dessas mulheres que fumam.

— Sou uma dessas mulheres vividas.

Ela nunca ficava calada mas agora creio que anunciou o programa. Deixei-a fumar do meu cigarro e fumamos os dois.

— É fácil ser duro de noite, mas de dia é outra coisa.

— O quê?

— É uma citação.

— Você enche de citações nossos encontros.

— Agora que você falou, me fez pensar que estamos, de fato, num hotel de encontros.

— E daí?

A pergunta me fez lembrar a visita de uma cantora espanhola que veio se apresentar no Centro Gallego, mais propriamente em seu teatro. Ela estava sentada numa cadeira atrás dos bastidores esperando a vez e fumava nervosa. Perto dela estava um maquinista com um martelo na mão esperando uma brecha para pregar um prego. A cantora sentada estava com a saia puxada acima dos joelhos mostrando umas pernas esplêndidas (ela era famosa por sua voz e suas pernas), agora exibidas fora de cena enquanto fumava. O maquinista, que estava de joelhos, se aproximou da cantora quase de cócoras para espiar as pernas de perto. De repente pôs a mão no tornozelo mas a cantora não se mexeu. Parecia não ter percebido. O maquinista subiu a mão por uma das pernas perfeitas. A cantora também não se mexeu agora. O maquinista continuou subindo a mão e passou-a por uma coxas não menos perfeitas e sedosas do que as pernas. (A cantora não usava meia.) O maquinista enfiou a mão entre as coxas que deixavam de ser coxas no púbis. A cantora que não usava meia também não usava *blúmers*. Nem conhecia esse nome para o que ela chamaria de calcinhas. O maquinista introduziu um dedo na raia. A cantora olhou finalmente para ele, terminou de fumar o cigarro e jogou-o no chão para dizer ao maquinista: "O senhor chegou à minha boceta. E daí?".

Eu também tinha chegado à boceta.

Tem uma canção que diz:

Bájate de esa nube
y ven aquí
a la realidad.

Foi o que fiz. Não conseguia dormir: a insônia é mais persistente que o sexo. Ou que os ruídos do amor, de fazer amor, de fornicar com ruído: o orgasmo transformado em órgão várias vezes. No quarto, na cama, no escuro sem sono ouvia os ruídos da madrugada: ruídos humanos. Mas não eram, na baixa plena noite, roncos. Eram rugidos, eram uivos, eram ais: eram ruídos do amor. Melhor dizendo, eram sons do sexo. Essas outras mulheres ululavam como bruxas submetidas ao potro: torturadas por um inquisidor amável. Enquanto isso, Estelita, deitada de costas, dormia um sono sem tormento.

Quando verifiquei, não sem espanto, que não havia travesseiros. Se tem uma coisa que odeio é cama sem travesseiro.

O que me acordou? Uma campainha. De um despertador? A campainha de casa, acaso? Não, era o telefone e eu não estava em casa, lembram?, mas numa pousada. Atendi. Uma voz, de madrugada, me anunciou que eram seis horas. Eu queria continuar dormindo? Nesse caso, teria de alugar a cama por mais meio dia. Decidi me levantar, disse à voz que também era ouvido que estava me levantando e deixaria a cama, o quarto, a pousada, o.k. Mas esse não era eu, era a voz.

Dei meia-volta e comecei a me levantar. Foi aí que a vi do

outro lado, dormindo. Estava nua e era a segunda vez que eu a via nua e não seria a última vez: nua em abandono, prezada pelada. Estava dormindo não deste lado da cama mas como se houvesse uma separação profunda entre os dois. Tinha os cabelos revoltos que pareciam mais escuros. Esse pouco cabelo e seu corpo e sua pose faziam dela uma espécie de estátua jacente de um rapaz nu. Toquei-a no ombro, uma vez, duas, e na terceira acordou.

— O que aconteceu?

— Não aconteceu nada.

— O que está acontecendo?

— Nada. Você estava dormindo e te acordei. Agora está acordada.

— O que vamos fazer?

— Por ora, nos levantar. Temos de deixar o quarto já.

— Aonde vamos?

— Eu vou ao chuveiro primeiro. Não sei onde você vai.

Pareceu pensar.

— Temos de tomar banho?

— Ter, não temos. Mas eu tomo. A ducha me puxa pra ducha.

— Pare com isso, que é cedo demais.

Levantei e fui ao banheiro tomar uma ducha. Como cortesia dessa pousada sangrenta havia em cima da pia uma diminuta pastilha de sabonete Gravi. O rei dos cremes dentais. Devia ser Colgate. Ou, melhor ainda, sabonete Elsa. Banha-te com Elsa e cantarás no chuveiro. Debaixo do jorro d'água cantei um velho bolero. De repente a porta detrás de mim se abriu e não era um assassino com uma pistola, mas ela, que seria mais certeira:

— Com uma mão aqui e outra ali, você parece um macaco.

Naquela desditada hora das seis da manhã, hora pro noivos, saímos à rua.

Vimos, por fim, o amanhecer. Melhor dizendo, fui eu quem viu e me senti estranhamente bem, exaltado. Antes, quando adolescente, gostava de ver o sol nascer só por vê-lo nascer. Mas o dia em que ocorria esta aurora era fasto. Agora, dia nefasto, era obrigado a me levantar antes do amanhecer ("Amigo, já expirou seu tempo", disse o cérbero de turno) e ver o sol. Mas não era a mesma coisa. Era o mesmo sol mas eu não era o mesmo. Embora não soubesse que era nosso equinócio. Paradoxo. Mas paradoxo para quê?

El Vedado recendia a já limpo no cedo da manhã. O que não era tão surpreendente porque era de manhã cedo. Ela recendia a limpo, eu também recendia a limpo. Tudo recendia a limpo e não a sêmen e a sangue derramado. O orvalho limpa e lava. Até as árvores ao redor da pousada estavam limpas. Já não mais empoeiradas e poeirosas e poeirentas, que é a mesma coisa mas dá uma ideia da poeira acumulada nos falsos lauréis.

No fim da rua Línea estavam levantando, haviam levantado os trilhos e ficou difícil atravessar. Parecia que estavam cavando trincheiras para uma guerra futura, era uma guerra ao passado: tinha sido declarada ao bonde obsoleto.

Agora não recendia, como no quarto, a "madressilvas evanescentes" mas ao mar: ao mar insistente e ao cheiro e ao rumor que vinha com cada onda mais além do Maleconcito na Chorrera.

Saímos para essa repetida inquietude que chamamos de novo dia. Apesar da hora já havia gente na rua. Eu não imaginava. Nunca me deito tão tarde, nunca me levanto tão cedo. Vista do amanhecer no trópico? Apenas, ah penas. Decidi que pegaríamos um táxi até o porto. Para fazer o quê? Talvez ver os barcos partir, até havia pouco a única via de escape da ilha. Para ser o quê? Fugitivos da ilha do Diabo? Eu ainda não sabia, mas era estranho que fosse tão decidido para nada. Mas sim. Uma coisa poderíamos fazer, tomar o café da manhã. Não há melhor maneira de começar o dia. Tomar café da manhã no El Templete, café, bar, restaurante. Famoso por seus saborosos negros, deliciosos mouros que teriam deliciado André Gide se ele tivesse feito caso de Oscar Wilde, que quase sempre tinha razão. Mas era tarde demais para o ser e cedo demais para o nada. Encontramos um táxi bocejante na Parada de Ônibus do Vedado, como rezava a razão num letreiro preto sobre branco. Grafia de tipos. Quando chegamos através do Malecón, que fazia da curva a única reta possível para chegar mais depressa entre dois pontos, El Temple-te estava fechado, apesar do letreiro que dizia: "Aberto 24 horas". Era óbvio que tínhamos chegado na vigésima quinta hora para produzir essa quietude chamada manhã.

— Bom, bom — disse ela. — Olhe só quem vem lá.

Olhei e vi um homem alto, magro, de bochechas chupadas que tinha uma remota semelhança com Adorno.

— Quem é? Theodor Adorno, de nome Wiesengrund?

— Não, não — disse ela. — É meu tio.

— Grandes bolas de enxofre. Que tio é esse?

— Meu tio Pepe.

— Também tenho um tio Pepe.

— Mas este é o meu tio Pepe.

— Já o vi, já vem. É Adorno, não tem dúvida.

— Que adorno mané adorno. É meu tio Pepe.

— Eu sei. É Pepe Adorno.

O recém-vindo vem e se vai. Pepe passa.

Tenho de lhes fazer uma confissão a que Tchekov objetaria e que Dostoiévski aprovaria: Estelita era virgem quando entrou na pousada e havia deixado de ser quando saiu: entrar, sair e perder o que jamais voltaria a recuperar.

Naquela noite única sofri, enquanto ela dormia a meu lado, insone, depois sone com terrores mágicos, miracula, fugas, noturnos lêmures, portentasque: como se houvesse lido *O monge* na noite anterior, ela era a ambrosia, eu Ambrósio. Difícil separar o corpo de Estelita da alma de Estela. Era, vocês precisavam ver, uma flor do trópico, essa zona franca cheia de estranhas rosas com perfumes sutis. Uma terra onde as mulheres costumam ser quase perfeitas. Lá, na ilha, há um jogo eterno entre engano e desengano. Bela e fatal foi para a qual fui por minha vez um agente vingador mais que o anjo exterminador: um Frank Buck que a trouxe viva da selva do id — cheia de monstros, feras e flores como ela. Eram todas luminosas e perfumadas e perfeitamente peçonhentas.

Se o acaso e não a grinalda fizesse parte do atavio das mulheres que se casam seria, para mim, uma palavra carregada de ironia. Mas o acaso é o ponto de um dado que vai ser lançado, um lance. O inventor do fauno que dorme tarde na tarde sabia de dados, e eu me declaro aprendiz do seu magistério, *L'après-midi d'Infante* é minha única declaração de vocação e de jogo, exceto minha conhecida aversão por essa rua San Lázaro que pode ser chamada de *rue sans le hasard*, porque tudo nela está dito em outro livro meu, em outra aventura com um final infelix, fim que detesto por inevitável.

Passamos por entre o passadiço do Club Panamericano e pelo Floridita e a Casa Vasallo, uma das minhas metas de rapaz, com sua vitrine em que brilhavam tacos, bolas e luvas de cada posição: toda uma parafernália de beisebol, a bola. Mostrando ao público, com seu slogan, debaixo de shorts e camisetas e tênis todos imaculados, que dizia "Jogo limpo". Costeamos o parque Albear ou Alvear, e Estelita, apontando (tinha mania de apontar), me disse:

— E quem é aquele, tu?

— É o engenheiro Alvear ou Albear, que se escreve de todas as maneiras. Tome nota. Se prestar atenção, no fundo do Parque Central está a estátua de Martí, apontando com seu dedo oratório enquanto o engenheiro anota, anota. Por uma incrível coincidência, o engenheiro Alvear construiu o primeiro aqueduto de Havana em 1895, enquanto no fundo, em Oriente, Martí morria.

— Você gosta de coincidências.

— A vida, querida, não é mais que uma trama de coincidências.

— O que quer dizer trama?

— O que tece a aranha. Ah. Em frente. Estou com fome.

— Não estou com fome nenhuma.

— Eu sim. Tanta que te comeria.

— Não vamos começar de novo.

Conduzi-a Egido acima. Decidi que podíamos tomar o café da manhã no café Campoamor. Para chegar ao café tivemos de passar pela Zaragozana, com sua vitrine externa cheia mostrando lagostas, cavaquinhas, lagostins, camarões, caranguejos escuros e vermelhos, siris e lulas numa cornucópia de mariscos: o corno da abundância no mar. Antes de atravessar a rua Lamparilla tivemos de passar junto do Ariete, ah areté.

— Como você conhece Havana.

Em Havana sempre se voltava a começar. Havana parece — aparece — indestrutível na lembrança: isso a faz imortal. Porque as cidades, como os homens, perecem. Um dito em Cuba por volta de 1955 dizia: "Esqueça o tango e cante um bolero". Querendo dizer deixe de lado o dramatismo e conte o sentimental. Nada podia ser mais exato então — e agora.

* * *

Não é do meu amor a Havana que quero falar, mas do meu amor. Mas com ela, por ela, por culpa dela, tornei a visitar Havana Velha.

O café Campoamor estava arrumado e vazio a essa hora, com as mesas de mármore servindo de pista de aterrissagem para as moscas, que procuravam, como todo mundo em Cuba, açúcar. Veio o garçom limpar a mesa, passando seu pano pelo mármore inutilmente. Mal se virou depois de ouvir o que queríamos ("Dois cafés com leite e torradas e depois um café só ou só um café", a palavra expresso não estava no vocabulário de Campoamor, o dono, não o poeta), as moscas continuavam patinando no mármore. É evidente que tinham visto filmes demais de Sonja Henie. Apesar de gostarem de patinar em gelo negro.

Depois do desjejum, quando veio meu café, tomei-o e puxei meu maço, tirei um cigarro que ia acender, quando ela me interrompeu:

— Me dá um?

Nossa fuga estava animada pelo eterno encanto do erro. Fez-se mais dramática — melodramática quase — do que esportiva. Mas, acreditei, não era uma corrida com a morte, e sim para a vida.

A nossa foi uma *fuga vacui*. Fugíamos mas não sabíamos de que fugíamos. Estela havia criado uma trama invisível feita de fios paralelos (os meus, os dela) a partir de uma intriga que ela havia mais planejado do que conjurado. Eu era, simplesmente, uma parte não de todo essencial da urdidura. Todas essas minhas declarações de agora podem ser tomadas no sentido direto ou figurado.

Depois não houveram mais que obstáculos. *Houveram?* Houve, está bem. É que o mal não sabe gramática. Porém mais do que uma corrida foi uma fuga e não era uma fuga de Bach, que quer dizer ribeiro. Como o Quibú. Foi uma fuga da sua casa, minha fuga da minha família. Ela, por tudo que sei, não tinha família. Ou melhor, sua família era uma infamília. Não que sua mãe fosse a madrasta de Branca de Neve mas era sua madrasta, embora Estela não temesse por sua vida ao se internar no bosque da noite com um dos sete anões — que era eu: um misto de Mestre, o sábio, com Zangado, o resmungão, e Dengoso, o bobinho da tribo. "Deus fez os anões retos, sábios e alertas para que distinguissem o bem do mal", diz um conto de adas falemão. De minha parte prefiro Walt Disney. É difícil engolir que um anão seja reto e corcunda ao mesmo tempo. A madrasta má, como dizia Estela, morreria de mal de mãe de quem roubaram a filha única. Mas eu não havia roubado nada nem ninguém: o teto do Quibú foi testemunha. Vocês também, recordam o piano cantando "Piano". Mas foi mesmo uma história de amor, de loucura e de morte. Como diz Bédier. Em todo caso eu entrei com o amor, ela com a loucura, e a morte, como sempre, foi uma intrusa na vida. A música soava de nenhuma parte ainda:

Una cita en la noche,
una cita de amor.
¡Qué lejos há quedado
aquella cita
que nos juntara por primera vez!

Tinha marcado encontro com o agiota no La Cuevita. Curioso nome novo para um velho ofício: emprestar dinheiro para multiplicá-lo depois largamente.

Quando saímos do fundo de La Cuevita, saía um bolero:

Mentiras tuyas,
tú no me has olvidado.

Mas decidi esquecer o bolero, La Cuevita e o esquecimento. Não esqueci porém Laserie que ainda cantava o que Branly chamava de a série de Laserie. La Cuevita, para dar uma ideia, era uma espécie de gruta urbana, um refúgio do pessoal da *Carteles* de todos os dias. Só tinha uma entrada e não tinha saída, mas no fundo, onde ficava a cozinha, era mais escura ainda. Seria esta o verdadeiro Buraco no Muro que era a entrada das catacumbas, com seus finos cadáveres de romanos delicados? Nunca o soube mais do que então, quando fomos em busca de um táxi e da tarde.

Decidi estender a fuga até torná-la uma arte. Aluguei o táxi para ir a Mariel. Adivinhem quem era o motorista! Nada menos que nosso delinquente desconhecido, o plantado na *Carteles*. Durante a viagem, claro, olhava mais para o retrovisor do que para a estrada, espiando Estela que com o calor havia tirado grande parte de sua roupa mal entrara no carro. Passamos, tínhamos de passar, indo pela estrada de Santa Fe, em frente à casa em que ela viveu. Escrutei a esquina, a fachada e até a margem do Quibú. Mas ela nem olhou, atenta o tempo todo a que o ar da velocidade se transformasse em ar fresco para recebê-lo na cara e no pescoço. Meu Deus, esta Estela estava quase nua! O motorista, com seus olhos saltados cada vez mais injetados de sangue luxurioso, olhava, olhava. Tanto que num momento por pouco não bate noutro carro, foi aos sacolejões pela sarjeta e quase sai da pista. Felizmente Olhos Saltados era um bom motorista e levou o carro de volta para nossa via com uma só virada da direção.

— Cuidado! — disse a ele, e não me referia apenas à sua maneira de dirigir.

— Estou tendo, ora — falou. —É que me distraí com a puta.

— O que você disse?

— Que me distraí com a pista.

Decidi ali mesmo que voltasse para Havana Velha.

La Maravilla não é um restaurante, é só um restaurantinho. Quero dizer que está mais para boteco do que para restaurante. É, se quiserem, um boteco de luxo e em outro lugar, noutro livro, eu o descrevo duas vezes debaixo da chuva, com a igreja do Cristo ali em frente e mais longe o parque do Cristo anegados, negados. Mas agora não chove, faz um sol de meio-dia que brilha radiante e torna o dia glorioso. Embora faça calor. Agora faz calor e onde há sol há calor. Dentro faz quase mais calor do que fora porque La Maravilla pode ser uma maravilha mas não tem ar-condicionado. Ainda não. Vai ter um dia, mas então já será tarde demais. Agora, no entanto, La Maravilla é uma pequena maravilha.

A única coisa ruim é que Estelita e eu estamos incógnitos e é bem provável que nos encontremos em má companhia. Não que sejam maus os que encontrarmos mas que agora neste momento em que atravessamos a porta e entramos no restaurante, que em russo se escreve Pectopah, nos encontremos não com um comunista ou dois mas com membros da alta burguesia que costumam vir com o que os americanos chamam de *slumming* e eu chamo de andar com *malevos*, que é uma palavra argentina que cai muito bem aqui. Os *malevos* não são propriamente gente má, e sim gente do bairro, pequenos e anões burgueses em busca da fama (esse é o nome havanês para comida, só que pronunciam *jama*). Vêm comer sua comidinha e ficar sentados, o que os faz sedentários, sedessentados. Não disse? Olhem quem está sentado ali no fundo, se não são Junior Doze e Tony Hierro, na verdade Fierro. Viram a gente. Claro que viram, pelo que decido que nos sentemos mais perto da porta, como se eu não tivesse dinheiro para pagar a conta. O que não posso pagar é o pato.

Ela estava comendo um prato de arroz com feijão e banana, fruta da violência, aos murros.

— Sabe o que Paquito diz do bolero?, que é uma balada com um prato de feijão preto ao lado.

— Paquito, o pianista do Quibú?

— Este é outro Paquito. O que eu ia dizer é que um prato de feijão é um bolero por outros meios.

— Muito engenhoso — disse ela, e continuou comendo seu feijão preto. Será que era sarcástica ou só uma havanesa, tutu?

Estelita, conforme prometera, não comeu nada. Eu comi pouco. Foi então que notei que começava a perder o apetite. Deve ser o amor porque o sexo dá fome ao homem, mas o nexo tira a fome e a sede, e a sede do amor é o cérebro. *L'amore è una cosa mentale*, diria Leonardo, que nunca se apaixonou por uma mulher. Mas lá vêm meus amigos atravessando a sala pelo corredor mais próximo. Já se aproximam, já chegam. Param ao lado da minha mesa. Junior é enorme e visto da minha cadeira parece uma torre, com sua vigia que não tira os olhos de cima de Estelita, mais miúda agora. Junior não diz nada, mas Tony, que sabe inglês, diz:

— *Aren't we going to meet the beauty?*

Eu, com meu sotaque pedido emprestado a Wilfred Hyde--White, parodio sua famosa frase em O *terceiro homem*:

— *I can't introduce her to everybody.*

Junior, que também sabe inglês, sorri. Estela, que não sabe uma palavra de inglês, não sorri. Na verdade, em inglês ou em espanhol, ela nunca sorri. Tony aproxima sua boca do meu ouvido e diz em voz baixa:

— Seu sacaninha.

Diz e se vai, enquanto eu fico. Mas não por muito tempo.

Estelita dá mostras de impaciência, e estão as mostras em demonstração na sua cara. Chamam-se muxoxos. São silentes mas eloquentes. Embora oficialmente mulher, ela ainda é uma menina. Malcriada ao demonstrar sua irritação. A vida lhe faz dodói.

— Quem é o baixinho?

— Se chama Tony, Antonio na realidade.

— E o alto?

— Junior Doze.

— Que nomes!

— Como o Vedado Tennis, ao qual pertencem de corpo e alma, porém mais de corpo que de alma.

— O que o baixinho te disse?

— Só me disse seu sacaninha.

— Por quê?

— Porque o sacaninha é ele.

— Como assim?

— A família dele mora na rua da amargura. Tinham dinheiro, não têm mais. Só têm a aparência de dinheiro que é pior do que não ter dinheiro. Tony é filho único e foi educado, com grandes sacrifícios do pai, em Belén. Os jesuítas queriam prepará-lo para padre mas Tony gostava demais de mulher.

— Devia ter ido para um convento.

— Entretanto, Tony vivia numa casa chamada dilema. Seus pais tinham uma empregada que era uma beleza. Tony, com essa intimidade que os criados têm com os filhos dos donos da casa, tinha visto a empregadinha nua uma ou duas vezes. Seu desejo era do tamanho da sua casa. Para matá-lo fazia exercícios físicos. Pesos, ferros e toda aquela parafernália. Mas os exercícios físicos deviam ser espirituais porque cada dia e cada noite, principalmente cada noite, ele desejava mais a empregada e combatia o desejo com ginástica sueca e exercitando-se com maças. Uma noite (sempre o desejo é maior de noite) a empregadinha foi ao seu quarto, se despiu e se meteu na cama. Tony não precisou fazer mais cabriolas: todo o exercício ele fazia na cama. Mas seus pais ficaram sabendo porque (cantando) tudo nesta vida se sabe sem nem sequer averiguar e o caso é que a empregadinha também tinha aspirações. No fim das contas, eles a despediram e procuraram uma noiva pra Tony, que era bonita rica porém mais alta que ele. Isso se chama um final feliz.

— Mas não para a moça. A outra.

— Não, não para a outra.

— O sol nasce pra todos, não?

— Todos nascemos iguais mas morremos diferentes. Isso se chama destino. A outra moça se perdeu sem deixar rastro. Mas não creio que Tony seja lá muito feliz. Um casamento não é, apesar de parecer, um fim de linha.

— Por que você diz que ele não é feliz?

Ela evitava meu fim de linha?

— Porque por trás da admiração dele se nota a inveja. Seu sacaninha pode ser dito de muitas maneiras, acredite.

— O que ele pode te invejar?

— Você, e eu com você.

— Não diga!

— Você, querida, é um bom-bocado.

— Ele não se casou com uma mulher bonita?

— De acordo com as últimas notícias ela engordou e além do mais está grávida. Suponho que haja outra empregada na casa e que Tony faça exercícios nada espirituais. Embora ainda seja católico.

— E que história é essa de você ter amigos ricos? Você é jornalista, não é?

— A *hit, a very palpable hit.*

— O quê?

— É Shakespeare.

— Outra vez?

— É uma citação de que gosto muito.

— Você me deixa tonta com sua erudição.

— Quanto a meus amigos que são meus inimigos, me fascina ouvi-los falar. Falam como cubanos ricos.

— De que outra maneira iam falar?

— É que falam como cubanos pobres. Esse é o *quid*, embora seja um *quid pro quo*. Que em latim quer dizer me dá que eu te dou.

— Agora você me sufoca com seu latinório.

Saímos, ela livre, eu matreiro, atento a que o duo doloso não estivesse emboscado atrás de uma árvore do parque ou dentro da igreja, já que Tony é católico praticante e Junior, uma espécie de converso. Saímos à rua e Estelita tropeça num dos paralelepípedos azuis que adornam a praça.

— Merda — diz —, pedras de merda.

— Essas pedras, querida — digo a ela —, são paralelepípedos trazidos da Suécia como adorno.

Essa informação quem me deu foi Theodor Adorno.

Estela estava mais Estelita do que nunca. Parecia uma menina perdida na cidade. Mas não era uma menina. Embora estivesse perdida. Não *sperduta nel buio* mas perdida na claridade. O muito sol caía vertical sobre a praça e os paralelepípedos se mostravam bem azuis. Parecia um mar de pedra. Pareceu-me que se ela tivesse óculos escuros teria posto faz tempo.

— Agora tenho de voltar para a *Carteles*. Para o fechamento.

— O que é o fechamento?

— É quando tenho de enviar minha página ao linotipista, e não me pergunte o que é um linotipista. É um datilógrafo que escreve em chumbo.

— Bonito ofício.

— É mais bonito do que você pode imaginar. Mas tem um inconveniente. Todos os linotipistas morrem cedo. O chumbo os mata com mais pontaria do que uma bala.

— Como assim?

— É uma doença que se chama saturnismo. A de aspirar os vapores do chumbo.

— E é esse o fechamento?

— Não, o fechamento é quando fecho minhas páginas.

— Então você não tem saturnismo?

— Não, mas às vezes sofro de priapismo, que dá de noite, como ontem à noite.

— Você chama aquilo de priapismo?

— Não, chamo de perda da inocência.

— Como a minha?

— Como a minha, de fato.

— Ah.

Fui para a *Carteles*, que não é o plural de *cartel*, cartaz, mas o nome de uma revista. Não confundir com *cartel* ou *Kartell*, que é uma aliança de interesses para um fim comum, chamado Estela. Esse era meu *primo cartello*.

Para chegar ao meu primeiro destino tomei um táxi, que em Havana se chama máquina de aluguel.

Como sempre, já estava na redação Wangüemert (nome completo Luiz Gómez Wangüemert), lendo um jornal da manhã, *La Marina*, provavelmente nome completo *Diario de la Marina*, olhando por cima de seus óculos de míope para os que entravam sem parar de ler: não era chefe de informação por gosto. Também estava Ángel Lázaro, de pé como sempre, vestido com seu terno de imitação de dril, na cabeça calva seu chapéu de imitação de palha que ele chamava porém de seu panamá. Havia dois ou três dos colaboradores de sempre que eram os visitantes de sempre e, em seu canto, atrás da sua mesa, o sinistro que escrevia, modo de dizer, uma coluna por semana sobre temas políticos permitidos na revista, em Havana, no país, e sobre os políticos. Ele mudava de automóvel todo ano e todos nos perguntávamos como podia com o salário que ganhava. Devia ter amigos. Lázaro veio ao meu encontro rindo com seus fortes, alvos, perfeitos dentes, que quando tirava o chapéu, como agora, reluziam para fazer *pendant* à sua calva.

— Escute — disse —, o senhor é o único crítico que se deu conta de que *Chá e simpatia* não é mais que uma versão de *Cândida* de Shaw — nome que pronunciou, e não de propósito, Show —, quero cumprimentá-lo, *chapeau!* — E tornou a pôr seu falso panamá.

Sentei à minha mesa mas esqueci de agradecer a Lázaro. Agradeço agora, talvez tarde demais porque ele morreu em Madri.

Wangüemert tinha voltado da Espanha. Como sempre, tirou fotos. Depois de revelá-las, imprimi-las e secá-las, ele as exibia em seu escritório, como chamava sua mesa. Convidou Ángel Lázaro e eu a ver as obras-primas que talvez fossem as piores fotografias do mundo.

— O que acha, Ángel?

Mostrava agora uma foto de uma mulher à beira de uma estrada, de cócoras, saia levantada, mijando.

Lázaro deu uma olhada na foto.

— Deve ser na Galícia.

— Sim. É na Galícia — admitiu Wangüemert, não sem espanto.

— Tem hemorroidas.

— Quem?

— A galega do seu instantâneo.

Wangüemert, que era muito míope, pôs os óculos na testa, aproximou a foto apertando os olhos, franzindo-os, fazendo-os chineses, exclamou:

— Puta merda, Lázaro! A mulher tem hemorroidas. Como caralho você descobriu?

— Dá pra ver claramente na foto, Luis. Além do mais, lembre-se que também sou galego.

Era um enigma elucidando um mistério.

Quando fui pegá-la na biblioteca onde esperava que eu saísse da *Carteles*, mexeu a perna e a saia subiu acima das coxas roliças. Não estava de calcinhas, chamadas às vezes de *blúmers*. Perguntei por quê.

— Não sei o que aconteceu — ela me disse. — Usava ontem à noite mas esta manhã desapareceram. Procurei no quarto todo e não apareceram, acredite.

— Desapareceram no sonho.

— É verdade, perdi esta manhã.

— Perder a virgindade pode ser um acidente, perder as calcinhas me parece um desígnio.

— O quê?

— Nada, nada. Não abra as pernas agora, Polifemo está te olhando.

— Quem?

— O bibliotecário. Tem um olho só mas é certeiro.

Estelita, vim a descobrir isso tarde demais para o ser e cedo demais para meus deuses tutelares, não tinha o que a gente chama de consciência. Era tudo subconsciência: uma consciência submersa que raramente vinha à tona. Não é que Estelita fosse infiel a mim. Era que ela era infiel a tudo menos a si mesma. Sua maior infidelidade estava reservada ao senso comum. Melhor dizendo, às conveniências sociais, às convenções.

Sua insolência não era uma máscara, como acontece com muitas moças muito jovens. A insolência de Estelita era de verdade verdadeira.

Ela não tinha a menor noção do pecado. Era como se procurando essa palavra no dicionário não houvesse sido possível encontrá-la em suas páginas. Mas para mim ela era o pecado e nesse pecado eu tinha agora minha penitência.

Uma coisa era notável em Estelita: tinha o sexo literalmente à flor da pele. A pele doce. Com lábia em seu corpo. Grandes lábios, breves lábios. Seu sexo não estava só entre suas pernas, mas se estendia por todo o seu corpo como uma segunda pele

— ou como sua verdadeira pele, aquela que seu vestido revelava, mas a pele oculta também. Era, na verdade, do mais perturbador. Nunca toquei na carne de Estela porque sempre se interpôs sua pele, sua fronteira.

"Vamos por esta rua", propus. "Não, melhor por esta outra. Pensando bem, por aquela outra." Para terminar não indo por nenhuma. Era o plano de fuga ideal: todas as ruas nos eram permitidas. Exatamente isso me fez parar, tomar mais consciência e fazer com que ela parasse nessa esquina de quatro ruas se não de quatro caminhos. *Carfax*!

Carfax, corruptela de *Quatre Face*. *Ox. Dic.*: "Um lugar onde se encontram quatro caminhos. No século XIV podia ser encontrado como nome próprio, e em anglo-normando *carfuks* vinha do francês antigo *carrefurkes*, agora *carrefour*. Encruzilhada". Em Havana há a esquina de Cuatro Caminos, um cruzamento perigoso, mas na realidade só o encontro de dois caminhos, as ruas Montes e Belascoain, das quais estamos tão longe.

Há que acrescentar que os suicidas costumavam ser enterrados no solo do cruzamento de quatro caminhos.

Branly, que não havia conhecido mulher, pronunciava erótico como errático, como se mordesse uma teta. Foi a ele que pedi ajuda, que era um grito de socorro. Para que servem os amigos se não for para utilizá-los?

Branly era triste mas divertido. Pelo menos era divertido sair com ele. Às vezes, no entanto, era uma espécie de locoide. Um dia descíamos pela calçada do Paseo em direção à Línea quando vi duas moças vindo calçada acima. Vinham convulsionadas de riso, dessa maneira como riem as moças populares: sozinhas, sonsinhas. Branly apertou os punhos e rangeu os dentes:

— Merda!

Achei que as conhecia, mas as moças passaram ao meu lado sem nos dar a mínima. Branly voltou a dizer merda! *sotto voce*.

— O que foi?

— Estavam rindo de mim. Não viu?

— Vi que estavam rindo.

— De mim! Não peguei uma pelo pescoço, assim!, por milagre. Rindo de mim. Sou extremamente perigoso quando riem de mim.

Por um momento pensei que estava brincando. Nunca se sabia ao certo, com Branly.

— E por que seria de você? Podiam muito bem estar rindo de mim.

Meu argumento pareceu acalmá-lo porque vi que soltava os dedos do punho. Então, quase queixoso, me perguntou:

— Você acredita então que estavam rindo de você e não de mim?

— Não sei, mas bem podiam rir de mim.

— Talvez estivessem rindo dos dois. Dos dois!

— Talvez não rissem de ninguém. Costuma acontecer com as moças, riem sozinhas. É da idade.

— Você acha?

— É possível. Eu vi moças rindo sozinhas mais de uma vez. É possível que estas fossem dessas.

— Ainda bem.

— Ainda bem por quê?

— Porque por pouco não agarro uma pelo pescoço, assim, e aperto.

— Por que não aperta as duas ao mesmo tempo?

Ele não percebeu.

— Tinha certeza de que você ia agarrar a outra pelo pescoço.

— Nunca tive essa intenção.

— Para que somos amigos então?

— Não para agarrar as mulheres pelo colo, outro nome do pescoço, a não ser que fosse o do útero.

— Sabia que você ia dizer uma coisa assim. Juro. Foi o que eu me disse, que se agarrava uma pelo pescoço a outra ia me atacar e você não ia fazer nada. Mau amigo. Dos piores.

— Sou o piorzinho dos piores.

Vi Branly sorrir, rir. Tinha senso de humor, embora fosse como Hamlet, um pouco louco. Fui procurá-lo um dia nos fundos da pensão. Estava falando com a mãe. Como tudo o que acontecia com Branly, o diálogo era extraordinário. A mãe de Branly, que parecia sua avó, embora estivesse no pátio, escovava os dentes mas falava. Estava com uma escova de dentes mas falava. Estava com os lábios apertados em torno da escova mas ainda falava. Estava ademais com um gole de água com dentifrício na boca com que emitia agora uns sons ininteligíveis. Sem cuspir o gole disse algo entre a água e a espuma, e Branly respondeu enchendo a boca com um gole de ar, emitindo, imitando, os mesmos sons ininteligíveis da mãe. Era um diálogo de goles. Mas a mãe desapareceu dentro do quarto para reaparecer em seguida, dizendo:

— Robertico, sou sua mãe.

Branly respondeu:

— E eu seu filho. Prazer em conhecê-la.

Nunca entendi por que Branly e sua mãe moravam numa pensão que, embora ficasse na Línea, era medíocre, pobretona. A mãe de Branly tinha um bom salário. Era farmacêutica diplomada de uma farmácia renomada. Sempre há uma receita para ler numa botica e a mãe de Branly lia bem letra de médico. Tinha se divorciado do pai de Branly, que também era farmacêutico. A causa do divórcio foi uma amiga sua que ela mesma levou para trabalhar como auxiliar do marido. A mãe de Branly era agora uma velha feia, mas dava para ver que deve ter sido mais feia ainda quando jovem. No entanto a madrasta de Branly, quando a conheci, vi que era mais moça que a mãe de Branly mas nunca deve ter sido bonita. Era meio amulatada e gorda. A mãe de Branly era muito branca. O pai de Branly era vesgo, com os olhos juntos de Branly e não parcialmente louco como Branly, mas louco de pedra. Quando visitei sua casa um dia, vestido de pijama ao meio-dia, não me deu a mínima, mas levou Branly para o quarto e eu, fascinado com seu aspecto, segui Branly. O pai de Branly abriu então um enorme armário e começou a tirar ternos e mais ternos, mas um a um, e ante cada terno exclamava: "Veja como estou magro, Robertico! Mas estes ternos, que estão grandes agora, vão me servir". E de repente punha o terno de volta no armário para exclamar: "Quer saber, Robertico, este terno não vai mais me servir". E voltava a tirar outro terno, tão grande quanto o anterior, para voltar a dizer: "Este terno sim vai me servir quando eu engordar, Robertico! Juro!". Com essa estranha promessa tirou uns dez ternos, que nunca iam lhe servir porque o pai de Branly estava mortalmente enfermo desde que o despediram do laboratório em que os três trabalhavam: o pai, a mãe e a madrasta de Branly.

Era um grande laboratório, famoso na literatura farmacêutica, onde fabricavam o Evanol, "para aliviar a dor da mulher em seus dias críticos", e o Veracolate, para o fígado doente, que vendiam melhor do que o Evanol, que não passava de uma aspirina com a cruz de Eva, "que todas as mulheres têm de levar nas costas", dizia a lenda, embora eu sempre tenha achado que o que a mulher leva nas costas não é Eva mas Adão. O Veracolate era vendido sem receita e era o que se chamaria hoje de um best-seller porque na Cuba de então todo mundo acreditava estar mal do fígado, bilioso ou algo pior. Eu mesmo por um tempo acreditei que estava mal do fígado e tomava Veracolate todas as horas e a única coisa que conseguia era não melhorar meu fígado mas piorar meu ânus com as diarreias que essa panaceia dava para o fígado. Até que um dia um médico me disse que nem todo mundo era doente do fígado assim como nem todos os bêbados sofriam de cirrose. "E o senhor, não toma?" "Eu sim", respondi, "eu tomo Veracolate." "Toma porque quer", me disse o médico, "porque o senhor, se está mal, é da vesícula e isso é um mal da mente, não do corpo. Tudo o que o senhor tem, como todo mundo, está em sua mente."

Eu devia ter me curado com esse diagnóstico, mas me senti pior do fígado até que Branly me deu de presente dois frascos de Bilezuev, feito com bílis de boi, que era uma invenção do pai de Branly — e o motivo por que despediram a ele e sua mulher dos laboratórios que fabricavam o Veracolate. O pai de Branly tinha inventado uma fórmula, secreta como todas as fórmulas, capaz de eliminar do mercado o Veracolate, em cujos laboratórios havia transformado sua fórmula em produto. Tomei os dois vidros de Bilezuev, como antes havia tomado Veracolate, mas não me senti melhor até que apareceu Estelita na minha vida, e aí me senti pior. Mas nessa época já não se fabricava em Cuba o Veracolate, graças ao trabalho de sapa do pai de Branly, e o pai de Branly parou de fazer seu Bilezuev porque não tinha mais nem laboratório nem fábrica. Foi isso, creio, que o enlouqueceu. Embora houvesse na família de Branly um veio evidente de loucura.

Um dia Branly me perguntou:
— Quer ir ao oculista?
— Tenho vinte-vinte de óculos escuros.
— Não a esse oculista, ao meu tio oculista. Você vai gostar de visitá-lo.
— Não, obrigado.
— Vai ter lanche.

O oculista tio de Branly tinha seu consultório, que ele insistia em chamar de gabinete, a três quadras da pensão, na avenida de los Presidentes, numa casa de dois andares, elegante e sóbria. Dentro era outra coisa. No térreo ficava o consultório, e no andar de cima o que o tio de Branly chamava de seu museu. Não havia ninguém esperando na sala de espera nem ninguém no consultório, de modo que seguimos o tio de Branly, que era mais velho que o pai de Branly — e mais feio, se isso era possível.

— Vamos ao meu laboratório — propôs o tio de Branly. Não me surpreendeu a saudação porque achei que era uma piada. Mas quando ele se virou, e nós com ele, vi que não brincava. Seu laboratório era na realidade um museu alemão. Melhor dizendo, um museu de memorabilia nazista. Havia capacetes de aço alemães da Segunda Guerra Mundial em toda parte, vitrines com medalhas — a cruz de ferro, Pour le Mérite, a cruz militar ("Com espadas", disse ele) e a medalha para os feridos de guerra. "Todas e mais outras", me garantiu, "o Führer ganhou." Aqui levantou o braço novamente para desta vez gritar: "Heil Hitler!". Na parede extrema, dominando o museu, havia uma enorme bandeira com a suástica num círculo branco recortado num campo vermelho. Ao chegar diante dela o dr. Branly, que

Roberto chamava em sua cara de "Herr Professor", deu um grito mais forte e saudou: "SIEG HEIL!" várias vezes.

— Desculpe — disse — se não mostro o retrato do Führer, mas por razões de força maior, o senhor compreende, eu o tenho em minha sala privativa. Possuo uma primeira edição de *Mein Kampf*, que quer dizer *Minha luta*. Como o senhor sabe, esse livro foi escrito por esse grande homem que foi Hermann Hess.

— *Rudolph* — Branly interrompeu seu tio. — Rudolph Hess.

— Rudolph Hess, sim. Quem disse outra coisa?

— Você, tio — disse Branly. — Você, tio.

Sem fazer pausa encarou o dr. Branly:

— E quando se come nesta casa?

— Não agora. Esta é a hora do alimento espiritual.

— E o lanche?

— Vai ser um lanche do espírito.

— Um lanche de negros — sussurrou Branly, e depois em voz alta: — Vamos indo, tutu — e ao tio: — *Sick Hell*!

Seu tio, que sabia alemão mas não inglês, retribuiu a saudação: o braço horizontal, a mão estendida, os dedos apontando juntos para a suástica em seu círculo branco.

Branly, de certo modo, era um discípulo de Bulnes. Desde o Quixote, um homem alto sempre termina dominado por seu escudeiro anão. Bulnes, que tinha o sobrenome que era o nome de uns sapatos famosos, deixou sua marca calçada em Branly. Branly, por exemplo, dizia coisas como que os homens feitos e direitos formavam fileiras com soldados e burocratas, medíocres todos. "Mas", afirmava, "quando se tem um corpo com defeito, sempre se tem opiniões próprias." Numa ocasião disse: "Dói menos a alma que um calo". Ou: "O que se chama coração fica ao sul da lapela". Também: "Sempre que penso nos cheiros agradáveis, penso num Camel queimando. É onanismo branco". Ou por outro lado: "Todos temos uma bunda moral que não mostramos em público e que cobrimos com a cueca da decência e a calça da urbanidade". Da mocinha que nos servia sempre o sorvete cremoso, delicioso, dizia: "Percebeu que ela tem mãos pecaminosas? Ela me serve o sorvete como uma gueixa do norte". Ou também: "Os padres não são mais que bonecos de ventríloquo. Deus fala por intermédio deles". Sempre que pedia um copo d'água gelada, dizia: "Se beber água fosse pecado", assegurava, "a água teria um preço mais alto".

Anunciava: "Prometi a mim mesmo não publicar um só poema enquanto minha mãe não o ler. Mais ainda, prometi a mim mesmo não dar para minha mãe ler um só poema". Branly se achava um perito em mulheres, ele que não tinha sequer namorada, e dizia: "A mulher é o único animal que se afoga numa lágrima". Que era, claro, só a ponta do Lichtenberg. Do Dutch Cream declarava: "É um sorvete tradicional traduzido para o inglês" ou "É *la crème de la crème* da Holanda, onde as vacas são endeusadas e as vaqueiras, odiadas". De mim dizia que eu citava nomes demais na minha coluna, onde "as citações passavam de uma página a outra sem nunca parar na minha cabeça". O que, afinal de contas, não era mais que Lichten atrás de Berg. Acusava-me de ser um Don Juan: "Você sempre se afasta de uma mulher quando a conquistou". Ou se queixava de fazer demais por mim: "Você é um intelectual. A única coisa que faz por si mesmo é cortar as unhas". Claro, como os antigos cortariam as unhas?

Foi a esse Branly que tive de pedir ajuda, o que era ruim. O pior foi que Branly a prestou.

Marquei com ele bem perto da *Carteles* no restaurante com o nome apropriado: La Antigua Chiquita. Que Branly o escolhesse não era mais que uma das suas idiossincrasias, das suas graças, de junho.

— Os idos de março já não estão aqui — disse. — Mas não se foram. Quando atravessamos o Almendares?

— Enfim sós.

— Sós — disse Branly — é um palíndromo.

— Roberto — disse a ele e ele se surpreendeu: eu nunca o chamava de Roberto e fazê-lo agora era o prenúncio de graves acontecimentos.

— Roberto — repeti, e Branly saiu do seu assombro. — Preciso da sua ajuda.

— Não tem de dizer mais nada. Me diga que sogra é pra eu matar.

— A sogra já está morta. É a filha, que está pendurada em mim como um albatroz.

— Uma alba atroz.

— Não para você.

— Me levantar tão cedo é sempre atroz.

— Cedo às nove?

— Praticamente alta madrugada. Por isso detesto Batista. Detesto de texto.

— Tenho a impressão de que eu já disse isso.

— Se não disse, dirá, vai ver. O que você quer tão cedo?

— Se trata de uma moça. Escapamos, eu da minha mulher, ela da mãe.

— O que você quer? Um último refúgio?

— O primeiro foi uma pousada duas noites atrás. O segundo foi a casa de Sarita.

— Sua cunhada?

— Ela mesma. Mora em cima.

— Você não foi muito longe.

— Eu que o diga. Agora preciso de uma situação menos detestável, mais estável. Um quarto na sua pensão, por exemplo.

— Também não é ir muito longe.

— Você não pode conversar, convencer a dona?

— A dona, só José Martí convenceria.

— É muito patriota?

— É muito louca por notas de peso.

— Posso pagar.

— Pode entrar. Minha mãe a convence do resto.

Não se pode conhecer Havana sem conhecer o bairro de El Vedado, como não se pode conhecer El Vedado sem conhecer a rua Calzada. Tudo aconteceu desta vez na rua Calzada, porque aconteceu em El Vedado. A pensão onde Branly morava com a mãe ficava no extremo sul da rua Calzada, apesar de não ficar precisamente na Calzada mas numa transversal, a rua O esquina da Línea. Era uma pensão ou *boarding house* que não chegava a *bed and breakfast* porque muitos dos inquilinos, como a mãe de Branly, tomavam o café da manhã em outro lugar ou não tomavam.

Branly nunca tinha me convidado para comer em sua casa onde a sopa não soava muito bem. Mas fui com ele a vários bares onde serviam pratos quentes. Como o Camagüey, ao lado da faculdade de medicina, onde faziam um bife que era um pedaço de carne enrolado numa fatia de bacon como um cueiro, que chamavam no menu de baby filé. Mas El Jardín não perdeu nada do seu encanto nem El Carmelo, seu esplendor.

Estela e eu esperávamos enquanto Branly tentava abrir a porta com uma chave que não aparecia.

— Você já notou — disse para mim —, que o que procuramos está sempre no último bolso?

Dirigindo-se a Estelita, perguntou:

— E a bagagem? — se dando conta, se desculpando, Estelita não tinha nem sequer uma sacola para levar, falou: — Desculpe, achei que era Margot. Então, quando passarmos pela zeladora eu direi: nada a declarar.

— Salvo meu talento — falei. — E salvo a beleza dela.

— *Please* — disse Estela.

— *English spoken* — disse Branly, desenhando um letreiro com a mão.

— Pois este sempre diz táxi.

— Porque se chamam táxis.

— Ninguém em Cuba diz táxi. Dizem máquina de aluguel e pronto. Mas você chama de táxi. Onde acha que está, num filme? Você é um pretensioso — disse Estelita.

— Diga melhor que sou um preciso.

— Um preciosista — disse Branly.

— Mas um táxi sempre será um táxi.

— O que faz de você um taxidermista.

— Táxi vem de taxímetro mas não há um só táxi com taxímetro em Havana. Isso não os faz menos táxis.

— Taxifecho? — disse Branly dando um fecho de ouro à discussão. — *Andiamo.*

Entramos na que seria a primeira casa de Estela. Mas não a minha, mas não a minha.

A deusa, Vênus ou Astarte (dizer seu nome é nomeá-la), causou a morte de amor do seu amado. Agora, ao revés, quero fazer a deusa viver por um amor que dura além da morte. Literatura? É possível. É também a única coisa que sei fazer para tentar resgatá-la de entre os mortos. Mas prefiro apresentá-la como a jovem Moira, que explica sua presença entre todas essas moças díscolas que se amavam entre si. As três amigas de Estela podiam muito bem ser as graças. Ela foi a que se foi. Esta ilha, de resto, foi uma vez outra Chipre. Lembro-me de que ia com minha mãe e suas amigas ao mar colher conquilhas na praia. Tradicionalmente quem melhor colhia eram as mulheres que se sentavam entre a areia e as ondas e ao mexer suas cadeiras molhadas tiravam as conquilhas da areia com as nádegas. Estela tinha em seu corpo um tesouro: um lindo rabo. Suas nalgas de algas não eram senão uma areia de ouro firme: breves e paradas. Ah, se eu fosse sodomita.

Lembrei ao bom doutor: uma jovem e bela ninfa vai para a cama. Vai para a cama. Vai para a cama. (As repetições são minhas, não do poeta que "escreveu em honra ao belo sexo" ao mesmo tempo que citava outro poeta.) Ela é a mais mínima parte dela mesma. Ou seja, a que não usa cosmético para auxiliar sua beleza. Oh, Ovídio! Invidio. Esse escritor de boleros.

Ela estava deitada de bruços na cama apenas câmara.

— Olá, Louise — disse-lhe.

— O quê?

— Desculpe por te chamar de Louise mas é que você se parece.

— Com quem agora?

— Com Louise Murphy, que inventou a cama Murphy.

— Que cama é essa?

— Uma cama dobrável.

— Mas esta cama não é dobrável.

— Por isso que disse.

— As coisas que você diz, minha vida.

— Não me chame de minha vida porque você ainda não me conhece. Sabe o que diria Casanova se te visse agora?

— Quem é Casanova?

— Deixe eu terminar. Diria o Casa: "Tinha toda a beleza que um pintor ou a mãe natureza podiam conferir".

— Sim, está bem, mas quem é esse Casa Nova?

— O dono de um engenho. Mas Diderot me disse ao entrar. E não me pergunte quem é Diderot. Ele me disse: "Uma mulher completamente nua de bruços entre travesseiros, as pernas separadas oferecendo suas mais voluptuosas costas, as nádegas desnudas e magníficas". Diderot disse isso.

— Bah... isso sim que sim (havanesa, tutu).

E ao dizê-lo se virou para mostrar seu púbis.

O monte de Vênus é uma protuberância diante do osso púbico formada por uma almofada adiposa coberta por uma pele espessa que se povoa de pelos, o velo, na puberdade. Na comissura vulvar, quase o comissário do sexo, aparecem os grandes lábios que ocultam os pequenos lábios — ó ninfas! Mais que a *conjunctio membrorum*, consegui a *immissio penis*. Claro, não houve violação mas amor mútuo, uma fuga a duas vozes.

Mais tarde pude ouvi-la no banheiro. Fonte sobre fonte. Borborigmos de estio. Ouvi soar os santos excrementos de Estelita. Será que eu a estaria convertendo numa causa célebre? Uma ilha célibe.

Branly trouxe sua guitarra ao portão. Era noite cedo. Sentou-se numa cadeira que trazia na outra mão e cruzou a guitarra sobre sua caixa torácica como um mecanismo de ressonância.

— O que querem que eu cante?

— Tudo — disse eu —, menos Atahualpa Yupanqui.

Esse canto estava na moda em Havana, embora pareça incrível com seus lamentos de rodas e eixos de carroças que garantia que era uma chatice seguir sua trilha. Essa música sul-americana era "realmente insuportante" como dizia Branly. Mas eu tinha dito aquilo para implicar com as damas presentes. Branly era, como ele dizia, um soldado boleroso: amante não só de cantar boleros mas também de compô-los ao luar. Agora começou a pontear mais que a tanger a guitarra e depois tentou cantar com sua voz mínima e sua máxima afinação. Eu invejava a arte sutil de Branly e tinha ao mesmo tempo ciúme da atenção que lhe prestava Estelita que, como se sabe, não tinha ouvido musical. Começou a cantar. Era, modesto, um bolero alheio:

*No existe un momento del día
en que pueda olvidarme de ti.
El mundo parece distinto
cuando no estás junto a mí.*

Parecia que reproduzo agora uma nota (musical) alusiva, mas Branly cantava de fato assim, assim cantava, assim:

*No hay bella melodía
donde no surjas tú
y no quiero escucharla
si no la escuchas tú.*

Mas Estelita não ouvia: simplesmente fumava um cigarro atrás do outro. Depois, mais poderoso que a tarde e a música, era seu hálito em que o aroma do tabaco claro deixava quase um sabor que não era feminino mas era memorável. Eram dias lábeis: líquidos corriam mas se tornariam sólidos como o crepúsculo lá fora — e tão lentos em se tornar noite.

A guitarra de Branly soava como um gato no cio — e eu não

gostava que ele não cantasse à lua eterna mas à passageira beleza de Estela que não podia durar, mas enquanto durava dizia respeito tão só a mim, somente, solamente. Só lamento.

— Não toca a ti que te toquem — disse a ela.

— Pois é — disse ela com certa petulância, orgulhosa como Kafka de não ter amor mas horror à música.

— O que você está vendo então, se não ouve?

— As mãos de Branly, que são bonitas quando se movem, movendo-se nas cordas que brilham sob seus dedos.

— Pictórica você está.

Estava com ciúme? De Branly? Por que não também da música e da tarde e da guitarra que ela via tocar? Hotel O. Lá estava o Nacional e o gramado no qual a conheci. Mas eu a conheci realmente? Eu a conhecia? Chega. São interrogações demais para um parágrafo. Ouça como o bolero se transforma em balada. A música é a mãe das musas. Não, Mnemósine é. É. O quê? Não lembro.

Ah, bela loura, louvada e louca. Ou só louvada. Ela, loira, se dobrava sobre a guitarra amarela enquanto Branly executava, esse é o verbo, um bolero, "triste como a tarde" cantou. Não que interessasse a ela a melodia profunda, mas ela interrompeu seu solo para tirar o maço do bolso. Abriu-o, tirou um cigarro e acendeu-o com o cigarro que Branly tinha na boca enquanto tocava. Branly e, como dizia ele, seu cigarrinho. O duo deletério. Essa harmonia duvidosa lhe custou a vida. Morreu de câncer do pulmão. O B. morreu, macabra ocasião, no dia do meu aniversário exatamente. Mas muitos anos depois dessa tarde de música de guitarra e Estelita. Também foi uma ocasião de cigarros cuja fumaça meus ciúmes não encobriram.

Ela odiava café, para mim em compensação o café é o que dá sentido ao dia. Que desjejum podia haver sem café com leite, sem café? Ralo, forte, quente quente, morno mas nunca frio. O café é nossa vida. Mr. Rendfield. Ouça como silva italiana a cafeteira, a música que faz. Sobretudo essa nova Gaggia da cafeteira embaixo do cine Radiocentro. O edifício, mesmo que o arquiteto não tenha se proposto a isso, é uma grande baleia de concreto. A enorme boca e os dentes compridos ficam em cima do cinema e as fauces se abrem para admitir o público e fazer chegar a vocês a emoção e o romance de um novo filme. O resto, a carcaça, é o edifício Radiocentro, a cafeteria na cauda e ao lado os estúdios de rádio e televisão que são adiposidade da *spermacetti*. O resto é o restaurante chinês Pekín, onde vi uma vez uma beldade chinesa, alta, de pernas compridas que abria seu *cheongsam* para me deixar ver as coxas lívidas. Ah, Anna May-Wong!

Agora eu estava tomando café, ia tomar café, um expresso só. Só o café e só eu. A cafeteira, desta vez não a máquina de fazer café nem a lojinha de café, mas a vendedora, a empregada, era, pois é, Sabrina! Não se chamava Sabrina, claro, mas nessa esquina de todos os espetáculos, nessa zona de todarrádio, era inevitável que se chamasse Sabrina. Era também um escárnio por ser loura (tingida), gorda e com as maiores tetas do hemisfério: mais que meias esferas, cada teta esfera e meia.

— Por favor, um café.

Ela estava na máquina: pondo pó de café no filtro, enchendo-o, jogando no reservatório o excesso de pó varrido com uma pazinha de plástico e inserindo o porta-filtro na abertura da máquina que dava para cinco. Mas tudo o que ela fazia era tão lento que eu lhe disse:

— Por favor — e de novo: — Por favor.

Ela se virou rápida como um reflexo para silvar:

— Por favor, por favor! O que é que foi? Você não é cubano ou o quê?

— O quê.

Rampa abaixo chutei o tornozelo esquerdo com o sapato direito. Tenho essa maneira de andar lançando o pé direito para fora, mas ao fazê-lo o salto costuma bater no outro tornozelo. Depois bato na batida e às vezes ao chegar em casa verifico que o tornozelo sangra. Às vezes vou mancando pelo mundo e se descuido me ajudam a atravessar a rua. Meu medo é que se paro na esquina me dão uma esmola. Pareço mesmo um inválido de guerra. Com os anos, aprendi a controlar meu passo, mas às vezes bato o tornozelo e me lembro da minha velha ferida.

Passei, pela calçada do outro lado, em frente do edifício onde a conheci. Devia ter ali uma placa, com uma estela comemorativa dizendo: "boy meets girl", como no cinema. Em cima, agora, havia uma garagem que não era uma garagem, era uma casa, em sentido comercial, que vendia automóveis de segunda mão, que eram reduzidos a autos. Ambar Motors: carros caros. Mas na esquina, antes de ver a pedra em que terminava o beco, vi a sorveteria chamada Dutch Cream, em que umas havanesinhas vestidas de holandesas erradas (roupa preta, touca branca) vendiam um sorvete a ponto de derreter, pela fabricação, não pelo calor. Era o creme holandês que anunciavam no alto, altamente, e que fez furor faz apenas uns anos, enlanguescendo agora apesar do verão violento. Eu ia lá, costumava, com Branly, apaixonado perpétuo, agora de uma das que ele chamava de garotas mornas, que ele cortejava tomando sucessivos sorvetes até a indigestão, sem dizer nada mais além de piadas que passavam por cima das cabeças toucadas. Uma saída memorável sua foi dizer, depois de lamentar que não houvesse banco no balcão: "É que meu amor é de uma natureza de pé e de outra sentado".

Essa Creta rodeada de cretinos por toda parte — menos no céu justiceiro com seu sol de justiça que não tarda a chegar. Nesta Havana, que faz os homens e os gasta. Também gasta as mulheres, não creiam que não. Se bem que as mulheres já estão feitas quando nascem.

Havana está situada na entrada do golfo do México e é percorrida de sul a norte pela corrente do golfo, entre os paralelos 19°49' e 23°15' e os meridianos 74°8 e 84°57 O. El Vedado é um bairro.

Sol, sol inimigo. Mas só o sol? O Malecón, apesar do mar, é inóspito então. Percorrê-lo, como ela fazia, do torreão de San Lázaro até o cavalo de bronze do Titã epônimo, esse Maceo, ginete rumo ao mar: era um gesto transtornado. Ou, em todo caso, transtornador. Mas se eu lhe perguntava o que fazia no Malecón em pleno dia, em pleno sol, sempre respondia: "Passear". Passear sentada na murada, ao sol a pino? Esse era eu, e ela explicava: "Pode-se passear estando sentada". O que se pode dizer ante essa frase budista, sem dúvida aprendida em qualquer manual de zen-budismo que com certeza ela não havia lido? Teria eu de aplaudir com uma mão só? Zenzen para o mal alento da alma. Se suspiro.

Quase caminhando atravessei a rua, impelido e ao mesmo tempo impedido por um sentimento novo embora repetido.

Sem nem mesmo subir à murada do Malecón pude ver que havia algo de Alice em Estela. O próprio fato de virar Estelita para depois voltar a ser Estela, crescendo e decrescendo, eram tretas de Alice. Pude vê-la em certas ocasiões através do espelho.

Ela me pediu um cigarro e ali sentados na murada do Malecón, olhando o mar e de costas para a cidade, peguei um Marlboro, peguei dois e os acendi protegendo a chama como se fosse o fogo-fátuo do soldado desconhecido. Dei um dos dois a ela e, ao fazê-lo como Paul Henreid, perguntei: "*Do you believe in eternity?*".

— O quê?

— Se você acredita na eternidade.

— Acredito mais na maternidade e você sabe a opinião que tenho da minha mãe.

— Falecida.

— É cômico.

O que seria cômico para uma Estela sem senso de humor?

— De um carrinho de brinquedo saiu um homem enorme.

— Como no circo. Você não viu no circo um automovelzinho do qual saem cem palhaços anões perseguidos por um gigante ameaçador?

— Nunca fui ao circo.

— Não te levaram ao circo quando você era criança?

— Não, nunca.

— Verdade?

— Jamais. Mas é muito cômico ver o Junior tão grande sair de um carrinho tão pequeninho.

— Esse carrinho de circo é um MG.

— O que é um emegê?

— Um carrinho esportivo anão. Junior, tão grande, dirige um. Custou caro.

— Não parecia raro. Parecia diferente.

— Eu disse um carro caro, e não raro. Foi uma coisa que aconteceu faz anos. Sofreu um acidente mortal. Não pra ele, pra consciência dele. Matou um menino que atravessava a rua.

O MG era o carro original vindo da Inglaterra com volante à esquerda. Foi uma disposição do destino. Junior dirigia pela direita na rua 23 e o sinal o deteve por um momento. Mas esse momento foi aproveitado por um menino que ia ao cinema (seu pai o havia deixado na outra calçada) para passar na frente de um ônibus que arrancava. Junior, achando que o sinal que o ônibus ocultava tinha aberto, em vez de esperar talvez mais um ou dois segundos, arrancou e o menino saiu então da frente do ônibus, foi uma arrancada da morte. O carro de Junior o pegou abaixo dos joelhos, jogou-o no ar e o menino caiu de cabeça e quebrou o pescoço. O pai, que acreditava ter deixado o filho na segurança da calçada, não viu seu filho morrer, e Junior teve de pegá-lo quase debaixo das rodas. O pai, quando soube, transferiu a culpa a Junior e andou à procura dele para matá-lo. Nunca o encontrou. Mas você o encontrou.

— Coitado — disse Estela, que nunca usava inflexões.

— Sim, pobre garoto morto por culpa do cinema.

— Não — disse ela —, coitado do seu amigo. O garoto está morto e não tem mais nada que fazer, mas seu amigo teve de viver com essa tragédia. Pelo que você diz, ainda vive.

— É uma tragédia portátil.

— Não ria.

— Falo cem por cento sério.

— Coitado. É que a vida, em seu melhor momento, é apenas suportável.

— Você fala como o general Yen.

— Quem é esse?

— Um chinês que tem uma lavanderia na rua Bernaza.

— Ele não me disse nada disso. Não me contou nada. Só veio sentar a meu lado na murada. Depois, quando conversamos, me contou que era amigo seu. Que me conhecia. Não de agora sentada no Malecón, que me conheceu antes com você.

— Você o conheceu no La Maravilla. Não lembra?

— Não faço a menor ideia.

— É o restaurante a que fomos no dia seguinte a que escapamos.

— Não me lembro.

— É que Junior não é precisamente inesquecível.

— É alto.

— E isso o torna inesquecível?

— Também é bonito.

— É, se você gosta de girafa. Alto, pescoço comprido, cabeça pequena. Mas chega de moer meu engenho. De que vocês falaram, se posso saber?

— Oh, coisas. Nada importante, nada decisivo, nada a acrescentar.

— Pra falar de nada, falaram bastante.

— É que falamos várias vezes.

— Explique-se.

— Você está com ciúme. Não diga que não.

— Do Junior? Não me faça rir...

— Que te doem os dentes.

— Eu disse isso?

— Não, mas dá pra perceber. Dá pra perceber a léguas.

— Meus dentes ou meus ciúmes?

— As duas coisas.

— Está enganada. Junior é meu amigo.

— É o que ele diz. Mas a gente tem sempre mais ciúmes dos amigos que dos inimigos.

Só o sol é meu inimigo. A rua ao sol de junho não é tão

hostil quanto a outra rua, vamos chamá-la de Línea, ao sol de agosto, mas se parece com qualquer rua. Digamos a rua 23 em julho. Nunca tínhamos saído do dédalo inventado por um prefeito americano e foi meu professor de inglês que me revelou seu mapa, ordenado conforme o *grindiron plan*, que ele traduziu como grelha. No verão, a grelha vira churrasqueira. Mas a disposição dessas ruas é, ao contrário do labirinto, extremamente fácil. Da Infanta, onde começa a rua 23, até a rua 32, onde termina, todas as ruas têm um número por nome, as que sobem até o rio com números ímpares — 23, 25, 27 etc. —, enquanto as ruas transversais têm números pares a partir da Infanta e se chamam por letras: A, B, C etc. Não me lembro de outra saída do perímetro que vá da rua O, onde a conheci, até o Almendares, e que se chamava, ainda se chama, El Vedado. Poucas ruas do El Vedado têm nome em vez de números ou letras. Elas se chamam Paseo, Baños e, na periferia, há ruas como Humboldt, que na realidade não ficam no El Vedado porque nascem abaixo da rua Infanta. Algumas ruas, como a rua L, terminam em Havana propriamente dita, mas são raras e retas, como a San Lázaro. A rua Línea, que começa no Malecón e acaba no Almendares, é uma avenida excepcional. Não só porque tem nome em vez de números ou letras, mas porque é uma rua como um afluente invertido: começa no mar e termina no rio. A rua Línea não é a minha favorita. Não a odeio como a San Lázaro, mas não moraria nela por nada deste mundo, embora fosse, agora, a rua onde ela morava. Enquanto a rua Calzada, paralela, há que dizer, é minha rua favorita — e não, certamente, porque ela morasse lá por um tempo.

Nesse traçado estava o traço que me definia: éramos duas pedras no jogo de go, onde os jogadores se dividem em fracos e fortes, mas éramos ao mesmo tempo os jogadores e o jogo. Sempre se dá vantagem ao jogador fraco antes de começar a jogar.

Que ganhe o pior. Nesse diagrama, que não era um plano azul, apesar do céu consentidor, nos encontramos para nos perder. Isso se chama, também, destino. Palavra enorme do go. Com a exceção das três viagens à sua casa no Quibú e das breves visitas a Havana propriamente dita, não havíamos deixado o bairro que foi um labirinto. Não, minto. Foi muito pouco o tempo que ela passou na biblioteca, enquanto esperava que eu saísse da *Carteles* para almoçarmos. Foram duas as viagens, duas: uma à avenida del Puerto no dia depois da primeira noite e depois quando fomos ao La Maravilla, à beira de Havana. Foi aí que entrou Junior Doze, sorrindo com seus dentes falsos.

Atravessando a rua Infanta rumo, podem crer, ao cine Infanta, ela me disse:

— Estou de lua.

— O quê?

— Desceu a lua.

Eu não entendia.

— A menstruação.

— Desde quando?

— Desde agora. Você tem de comprar um Tampax pra mim.

— Comprar o que pra você?

— Numa farmácia. Tampax.

— O que é que é isso?

— Tampax é um tampão higiênico que a gente põe durante a menstruação.

— Achei que se chamava Kotex.

— Está atrasado, querido.

Ela tomava Evanol. Ouvi falar em Tampax pela primeira vez por ela. Filha de enfermeira.

Para Adão, Eva não passa de uma folha do livro de Deus. Uma folha de parreira.

Fui cuidar não do meu jardim mas do El Jardín, café com terraço na Línea com a G.

Passamos junto ao jardim privado que ficava na rua 19 quase esquina da A (Ah, A). Depois deixamos para trás a igreja de San Juán de Letrán, Estelita não se interessava por igrejas nem jardins. Mas, ela me disse, tinha estado esperando o primeiro dia para escapar do sol junto dos jardins comerciais de Zapata, onde fazia fresco. Ali, os jardins tinham nomes: Gladíolo, Diamela, Dália, Hortência, todos, como convinha, nome de flores, menos os ubíquos Goyanes e Trías. Não me interessavam os jardins mas seus nomes. Adensavam-se nas proximidades da Zapata em frente ao cemitério, mas seus endereços eram sempre 12 com 23, uma esquina mais abaixo para evitar a contaminação dos mortos. Estelita não se interessava pelas flores que apaixonavam minha mãe, embora meu pai fosse ainda mais indiferente. Só lhe interessavam o comunismo e os jornais, todos, que lia de cabo a rabo. Cada vez que minha mãe vinha lhe mostrar as flores que tinha comprado, meu pai, detrás do jornal, resmungava. Um dia minha mãe veio com um buquê novo e disse ao meu pai: "São violetas russas", e meu pai soltou o jornal e uma frase: "Deixe ver!".

Contei a história a Estelita mas ela não achou graça. Não se pode dizer que o humor fosse seu forte. Agora passamos em frente à casa de Martha Frayde, que compartilhava com minha mãe o amor às flores.

— Embora você não acredite, há música no ar esta noite.

— Você é um romântico, sabe?

— O romantismo passou de moda com a música de Chopin.

— Quem é esse?

— Era o pianista da orquestra de Chepín Chovén.

— Nunca ouvi falar. Somos fugitivos?

— Só da sua mãe e da minha mulher.

— Eu sei, eu sei. Sabe o que um tio meu diz?

— Não tenho a menor ideia.

— Diz que quando um homem diz a uma mulher que é casado de cara...

— Casado de cara?

— Não, porra, como você é burro. Meu tio diz que quando um homem põe as cartas na mesa desde o início é que esse homem não ama essa mulher.

— Como se chama seu tio?

— Alfonso. José Alfonso.

— O que você acaba de anunciar é a Segunda Lei da Gravitação dos Corpos segundo Alfonso.

— O que é que é isso, por favor?

— Alfonso, além de ter uma cratera na lua, é um cientista do amor.

— Você me cansa com a sua ciência.

— Infusa.

— Quem é Infusa?

— Uma tia minha da minha cidade.

— Você está pegando no meu pé.

— Só na mão. Espero que depois venha o braço e seu contrário, o antebraço, a axila e depois a bem chamada mama com sua gêmea.

— *Please*, você está me crucificando.

— Não acredita em mim? Em que acredita então?

— Em nada.

— Em nada de nada?

— Em todo caso não em mim. E você?

— Acredito nesta rua, neste bairro, El Vedado, em Havana, no mar, na corrente do golfo, no trópico. Também acredito em você.

— Está me gozando?

— Em absoluto. Acredito em você como acredito na cidade e na noite.

— Você acredita em mim?

— Acredito que acredito, sim. Você acredita que eu acredito?

— Suponho que você acredita no meu sexo.

— Feminino ou masculino?

— Falando sério. Você acredita no meu sexo mas talvez não acredite na minha pessoa.

— Qual a diferença?

— Você acredita que sou uma mulher.

— Na realidade você é uma garota.

— Isso eu era antes. Agora sou uma mulher. Posso ficar grávida.

— Deus não queira.

— E até ter filhos. Você se dá conta?

— Em francês, *est-ce que tu te rends compte?*

— Dá pra falar a sério?

— Não de coisas tão sérias. *I'm sorry*. Nasci para a piada e a chacota.

Ela parecia bilíngue, mas seu bilinguismo residia em seu tom de voz. Falava com uma voz normal, mais para apagada, mas de repente remetia mais que emitia uma frase ou meia frase num falsete tão agudo que parecia pertencer a outra voz, a outra pessoa. Lembrava uma sessão espírita em que a médium falava com diferentes vozes. Às vezes era divertido, outras vezes inquietante, como se falasse com duas pessoas diferentes ante uma só presença verdadeira.

Talvez Estela fosse uma natural. Era natural. Conheci mulheres e até moças que passavam a vida ensaiando um papel que nunca chegariam a representar. A vida era uma cena em tempo de ensaios. Mas não que fossem falsas: eram atrizes sem papel que ensaiavam o personagem da sua vida. Não conheci pessoa mais sincera que Estela, mas sua sinceridade, como todas, criava ao seu redor uma curriola de hipócritas. Estela era a antiatriz, e como Estelita haveria falsete em sua voz mas nem uma só nota falsa.

Ela era, não resta dúvida, uma presença com um corpo. Se ela não houvesse morrido e lesse estas páginas, com certeza me diria, com seu melhor tom despeitoso: "Não editorialize, querido", e a própria palavra "querido" não seria menos irônica em sua voz. Mas ela, há que dizer, era uma mulher sem máscara. Nem sequer usava maquiagem. Não creio nem que passasse batom nos lábios. A beleza é da juventude e ela era bela porque era muito jovem. Nunca a vi envelhecer e me alegro porque deve ter perdido tudo o que a fazia desejável. Eu acreditava, antes, que o amor a fazia bela, mas era somente uma vaidade minha, minha vaidade de crer que ela estava apaixonada por mim. Não estava apaixonada por ninguém, nem sequer por si mesma. Sobretudo não por si mesma.

Branly olhou para mim com seus dois olhos que eram um. Não que fosse outro ciclope cubano, mas é que seus olhos estavam tão juntos que seu olhar não era, não podia ser, tridimensional. Nem sequer bidimensional. Mas, se não via em duas dimensões, havia dois Branlys visuais. Um de perfil e outro de frente. Foi Germán Puig (artista convidado) que notou que Branly tinha um bom perfil, o melhor perfil de todos nós de então. Mas não se pode ir pela vida de perfil. Dei-me conta de quão juntos Branly tinha seus olhos quando lhe emprestei meu binóculo, que Pino Zitto (colecionador) tinha me dado de presente quando nos mudamos para o Vedado. Ali em cima, na rua 27, num quarto andar do qual se via o mar e todo o bairro, principalmente os telhados e os terraços dos prédios mas também quartos de janelas abertas por causa do calor e da noite. Para completar, o edifício ficava no ponto mais alto da avenida de los Presidentes e as possibilidades do voyeur eram muitas. Emprestei o binóculo a Branly e ele me devolveu um monóculo. Tão juntos eram seus olhos. Creio que é por isso que Branly usava aqueles óculos escuros de dia e de noite, para ocultar a feiura de seus olhos. Mas eu me alegrava. Sempre é bom ter um amigo mais feio que você.

Branly veio a mim com uma confissão nada estranha:

— Acho que estou me apaixonando.

— Já tem idade pra isso.

— Mas é de Estelita que, creio, acho, talvez eu esteja me apaixonando.

— Que bom.

— Não te incomoda?

— Enquanto não for ela que se apaixone.

— Você é tão tranquilo. O vírus Elvira — sentenciou Branly.

— Você acha? — disse eu.

— Se eu te digo que estou com psitacose e você nem dá bola — era a frase querida do velho Branly.

— Se quiser se fazer de Iago, vou avisando que não serei seu Otelo.

Esperava Estela no portão da pensão para levá-la comigo a uma exibição privada de *Cinderela em Paris* e, quando saiu, a zeladora levantou os braços. Os dois. A axila de um era em vale e a outra em clã. Um perfeito Valle Inclán debaixo dos braços. María Axiladora. E me disse em tom de confidência teatral, um astuto aparte:

— Robertico não está.

— Já sei. Estou esperando Estela.

— Eu sei.

Disse aquilo como se soubesse tudo.

— Coitado do Robertico — disse de repente, e suspirou para acrescentar:

— Mas o senhor não é o único que a espera.

— Como disse?

— Como ouviu. Ela sai com Robertico, pobre rapaz, e esteve um homem aqui esperando ela há coisa de dois dias.

— Quem era? — perguntei ofendido.

— Como é que vou saber! Isso é problema seu. A vida dela não me interessa em nada. Quem me preocupa é o Robertico.

A mim, quem preocupava era Estelita, agora Estela. Sei que seria como a história do marido que flagra a mulher com outro homem em seu sofá e explode furioso, vingativo: "Isso vai acabar agora mesmo!", e vende o sofá. Decidi que Estela não devia continuar morando na pensão. Meu nome não era Cornélio.

Como um boi ao seu curral, voltei à pensão. Era tarde, mas não tão tarde que não pudesse entrar e encontrar Estela. Mas toda a casa dormia. Voltei à rua e olhei a fachada, agora um desenho de Chas Adams. De repente, sem me dar conta, me saiu um grito pela boca apertada:

— Estela!

Ninguém respondeu.

— Estela!

E dei um grito maior:

— Estela!

No fundo e pela porta aberta uma luz se acendeu.

— Ah — disse uma voz —, é você, Kowalski?

Era, evidentemente, Branly.

— O que faz clamando por uma mulher a estas horas?

— Estou procurando Estela.

— Deve estar refugiada com sua irmã Blanche.

— Falando sério, vim procurá-la mas acho que fugiu.

— Procurou no quarto dela?

— Como vou procurar se está tudo fechado?

— Mas tem uma janela, ao lado, bem ao lado.

Deixei Branly e fui procurar a janela que não tinha cortina.

— Está tudo escuro.

— Para isso tenho um remédio — disse, e se internou na casa. Voltou com um objeto metálico na mão.

— O que é isso?

— Uma lanterna, que mais podia ser.

Entregou-a a mim. Voltei à janela, acendi a lanterna e apontei-a para dentro do quarto. Iluminei uma cama lateral e nela, adormecida, estava Estela. Voltei a Branly para devolver a lanterna.

— Acendeu? Esta lanterna é um pouco neurótica.

— Sim, acendeu.

— E o que você viu?

— Estela, dormindo na cama, tranquila, em repouso.

— E não roncava?

Antes de ir embora mandei Branly ir para o caralho e ele me respondeu:

— No caralho você é que está. Caralho, como você sabe, sempre se traduz por inferno.

Na frente do Trotcha crescia um fícus frondoso que nunca derrubaram. Nem mesmo quando fizeram do teatro um hotel residencial porque seu aspecto era verdadeiramente impenetrável: seus vários troncos, suficientes para ser outras árvores, cresciam por entre as múltiplas raízes aéreas até se perderem detrás dos galhos cobertos de folhas perenes.

Em princípios do século, a ala esquerda do Trotcha havia sido um teatro (do qual sobrevivia uma fachada de mármore entre arcana e elegante), mas agora era a entrada para o hotel que ficava no fundo de jardins diversos. O verdadeiro hotel era um edifício de madeira pintado de branco, com um varandão que se convertia em galeria. As portas eram estreitas e frágeis e as janelas tinham venezianas. Sempre gostei do Trotcha. Sempre quis morar nesse hotel que era metade vergel, metade labirinto, e agora eu morava por pessoa interposta mas em condições que faziam de mim e dela o último refúgio de dois desesperados.

A entrada é ampla, aberta como a de um velho teatro. Dá, na frente, para um balcão que deve ser a recepção e que faz esquecer o teatro. Tudo é emoldurado em mogno ou talvez outra madeira preciosa. De um lado está a entrada para o hall (que é antes o corredor que daria para a plateia), presidida, à direita, por um enorme espelho que perdeu em parte seu estanho e o que resta é uma superfície escura. O espelho, escuro, nos dobra porém como se quisesse se multiplicar em inesperados fac-símiles. Um espelho que não esperamos é sempre perturbador. Era oval, e refletido estava este par: ela, miúda, loura, quase uma menina de aspecto, e seu seguro servidor, um pouco mais alto, não muito mais, moreno nem sequer bom moço. Mas, *mas* não parecíamos um par de fugitivos procurando no hotel amparo. Procurávamos refúgio, uma guarida. Não num canto oculto da cidade, mas no meio do El Vedado, num antigo teatro apreciado outrora pela alta burguesia e agora transformado num hotel depois de ter sido, nesse ínterim, um balneário na moda, com cabanas que rodeavam uma fonte que era uma provedora de águas medicinais e que no século passado foi nossa Marienbad, que obviamente quer dizer banhos de Maria (mas não banho-maria), onde segundo dizem ninguém nunca chegou a se banhar.

O lobby não era um desses sinistros, que são sempre a antessala do inferno, mas sim um vestíbulo, talvez a velha saleta do teatro. Mas o recinto estava povoado por velhos, velhinhos e velhotes que davam ao ambiente o aspecto de um centro de veteranos. A recepção (se é que se pode chamar de recepção aquele mostrador que era a contrapartida da antessala de anciãos) parecia um consultório geriátrico num dia de visita. A única exceção era uma mulher jovem, embora não fosse uma moça, de cabelos negros como seus olhos, que se parecia com a Pocahontas que vem nas histórias americanas (ilustradas). Eu me dirigi à menos velha das velhas que bem podia ter um ano a menos que a múmia de Tutancâmon. Disse a ela que queria alugar um quarto (que pronunciei moradia) não para mim mas para esta minha irmã. A recepcionista, que era isso o que ela era, me perguntou como pagaria. "Por mês ou por semana?", eu disse que por semana, claro: pagar como me pagavam, mas acrescentei que quem pagaria seria minha irmã. Não havia notado o efeito produzido pela palavra irmã com meus característicos dotes histriônicos, vi que a mulher morena exibiu seus dentes (fortes e chatos com manchas brancas) num sorriso de conhecedora: ela sabia. Estela podia ser minha irmã se minha mãe tivesse se casado não com meu pai mas com um sueco. Considerem-me um passo atrás, por favor. Sua antipatia se tornou mútua, enquanto eu fazia ou resolvia, detido agora pela velha recepcionista que me dizia: "Uma semana adiantada, claro". De algum bolso até agora secreto, tirei quatro notas de cinco e em troca ela me entregou a chave. Passei-a a Estelita e ela saiu andando terra adentro. Ao passar, a mulher que agora tinha se tornado rapaz sorriu para Estela em sinal de que entendia.

A entrada, o lobby e este corredor, que aparentemente não leva agora a parte alguma, parecem de outro século, de quando este hotel era um teatro de subúrbio para a diversão dos moradores do Vedado. Era, realmente, um lugar vedado. Não eram muitos os moradores, mas eram ricos e se davam ao luxo de ter um teatro privado tão longe, então, de Havana. De onde viria o nome Trotcha? Agora, com todas essas mulheres por todas as partes, devia ter se chamado Nymphenburg, fortaleza de ninfas fortes, a julgar pelas amostras.

O Trotcha, que havia começado como teatro, era, ainda, um cenário. Aos jardins haviam adicionado não pouca pedra para um desenho rococó, que contrastava com a galeria aberta, toda branca. Ali, no quarto número 7, estava ela agora entrando atrás de mim, homem com a chave da felicidade na mão.

Porém mal entrou tirou toda a roupa, não para me excitar mas, claro, como sinal de desenvoltura. Nem sequer disse: "Ufa, que calor!", porque teria sido uma concessão a certo incômodo de que queria se livrar. Era um ato totalmente gratuito. Assim era Estelita. Ou assim Estelita tinha se convertido em Estela. Nunca disse que ela fosse minha Estelita. Estalactita que faz *pendant* com minha estalagmita: apêndices numa caverna suave. Mas, embora o quarto estivesse às escuras apesar das persianas persas ou venezianas ou o que fossem, eu podia ver seu corpo nu atravessar o quarto, chegar à cama, central, e jogar-se nela de bruços, sem se mexer mais. Nunca fui sodomita mas pensei em sodomizá-la imediatamente. Embora emanasse dela uma rejeição não de mim mas do mundo lá fora, onde a gente, apesar do calor, do sol e do trópico, costuma andar vestida e calçada. Agora ela era uma Vênus Decúbito Prono. O supino, claro, era eu, ignorante. Ignoramus que se imagina Nostradamus sem olhar para as estrelas. A mim basta a lua e sua cratera. Alfonso no esconso.

Indo para o Trotcha, evitando as luzes do Carmelo, pela calçada do Auditórium, encontrei um membro da seção de percussão da orquestra filarmônica. Reconheci-o na hora.

— Como vai?

— Quem vai?

— Um admirador. Como vai a orquestra?

— Como disse?

— Como vai a orquestra.

— Fale mais alto, não estou ouvindo.

— A ORQUESTRA, COMO VAI?

— Ah, não muito bem. Pouco repertório. Os pratos são o instrumento menos apreciado. Mas estamos aí. Às vezes passo trinta ou quarenta compassos para dar uma só pratada.

— Tchaikovsky usa muito os pratos.

— Tchaikovsky sim, mas como o coitado era veado tocam pouca coisa dele.

— E Stravinsky?

— Alguma coisa no começo, mas pouco, depois. Reduziram o homenzinho.

— Quanto a Wagner?

— Não muito, na verdade pouco. Este instrumento não é apreciado como deve. Tem até gente que acha que não sei música. Dizem que é só bater os pratos e pronto. Também não levam em conta que quase todos os músicos da orquestra estão sentados, enquanto eu passo a maior parte do tempo de pé, esperando o sinal do maestro. Ainda por cima, segurando os pratos nas mãos.

— Isso se nota mais nos ensaios.

— O senhor frequenta os ensaios então?

— O bastante para ter visto Stravinsky banhado de suor tirar toda a roupa depois do ensaio. Enxugou as partes com uma toalha.

— Hehehe. O maestro é nudista.

— Mas Weissman não.

— Não, Weissman não.

— Mas pude ouvir e ver uma troca de palavras que teve com Xancó.

— Primeiro violoncelo.

— O primeiro violoncelista. Terminado o ensaio Weissman ia para o camarim quando Xancó, que saía de entre as cordas, quase tropeçou no Maestro. Xancó, poliglota, quis não só mostrar o caminho a Weissman mas exibir seu francês, dando-lhe a escolher entre as violas e o caminho dos tchelos, sugerindo a Weissman: *"Par ci, par là, Maestro?"*. Weissman, sorrindo, disse a ele: "Por onde você quiser, garoto", em perfeito cubano.

— Hehehe.

— Desejo-lhe muitas partituras.

— Como disse?

— Que venham muitas composições com pratos.

— Não consigo ouvi-lo. Isso é outra coisa. Os pratos me deixaram um pouco surdo.

— ADEUS.

— Obrigado por me ouvir.

Deixei-o ainda na esquina, talvez esperando que o Grande Maestro fizesse sinal do céu para que terminasse de soar o estrondo musical do seu instrumento.

Ela já estava no lobby. Vestíbulo, vestíbulo. Ah, os hispanistas.

— Onde você se meteu?

— Tendo uma aula de música.

— Não vai me dizer que estava estudando música a esta hora!

— Toda hora é boa para a música. Mas não estava estudando nada.

— Você não me disse que estava estudando música?

— Não, disse que estava tendo uma aula de música.

— E qual a diferença?

— Ah, minha amiga, a diferença é a essência. A diferença se estabelece quando duas classes da mesma classe de objetos designados podem ou devem ser distinguidos.

— Juro que não entendi.

— Isso me faz, a seus olhos, um incompreendido, qualidade que posso compartilhar com um ou dois grandes artistas.

— Podemos ir?

— Podemos, se quisermos.

— Por que você está tão feliz esta noite?

— Por que o ser em vez do nada?

— Vamos embora.

— Como disse o presidente Grau numa ocasião memorável, as mulheres mandam.

Ao sair à Calzada, Bragado, decidido como seu nome significa, avançava satisfeito pela calçada, para cá da loja de antiguidades que frequentarei no futuro, caminhando lento entre as sombras do parque, mostrando sua cabeleira alourada ao ar do arvoredo. Quando me viu, comentou com seus companheiros, entre os quais estava, irônico, o arquiteto Virgilio, talvez para se dar ares de Dante. Pararam todos ao chegar junto de nós. Bragado, que não sei se era seu nome ou um adjetivo, sorriu seu meio sorriso torcido e disse para mim mas para ela.

— Sempre escoltando a beleza, como a noite.

Citava ou recitava um de seus poetas malditos. Desta vez Byron. Apresentei-o a Estela, só ele, que sua comitiva estava sobrando.

— O poeta Bragado.

Alvejado, Bragado sorriu mais ainda seu sorriso torcido. Mas Estela, sem apertar a mão que lhe ofereciam, mal olhando para Bragado, virou-se para mim.

— Poeta? — falsete para o falso. — Me parece mais um cantor de música caipira.

A apreciação da arte sublime de Bragado, poeta surrealista, cravou-lhe uma seta cantada com o falsete que Estelita sabia usar tão bem. Não era tarde mas a noite começou mal para Bragado. Depois me perguntou muito sério:

— Diga, algum dos seus amigos está vivo?

— Que tipo de pergunta é essa?

— É que todos os que conheço, inclusive Branly, parecem mortos-vivos.

— É que você ainda não conhece meus inimigos.

O Trotcha, com seus jardins que formavam um labirinto suntuoso em cujo centro não estava o Minotauro mas uma versão de Ariadne, era um antigo balneário de luxo que ficava, no final do século, numa remota fazenda extramuros chamada desde então El Vedado, terra proibida, terreno baldio. É hoje um pobre fantasma lívido transformado em hotel.

Mas não para mim. O edifício, todo branco, todo de madeira, passou a fazer parte da minha mitologia. Não era seu esplendor (que ocorreu no século passado) mas sua decadência que me fascinava. Era como uma metáfora sem sentido literal mas literário graças à minha habilidade de encontrar parecença entre coisas díspares. Chamem-me de Aristóteles. Agora condenava Estelita a viver numa metáfora. Coisa esquisita, já que, se todas as palavras são sempre metáforas da realidade, um edifício não pode ser uma metáfora. Isso se chama a consolação pela prosopopeia.

Uma noite nos jardins do Trotcha consistia em ouvir por cima do apagado trânsito que corria pela Calzada numa só direção, o contínuo murmurar de uma mangueira: sozinha, comprida e verde, fazendo o trabalho da chuva, regando a água entre os canteiros que eram canais. Dizem que o Egito é um dom do Nilo, e este jardim, um regalo da regadeira. Disse isso a Estelita e tudo o que ela disse foi:

— Você e suas teorias.

Temo, sempre temi o encanto das crianças. Por isso esta Estela me cativou. Ela era tão alheia a seu encanto como à moral. Não podia ser descrita seguindo-se a estética nem a ética e era capaz de me dizer que o Encanto era uma loja de roupas da moda.

— Escuta, quero te dizer uma coisa — sua frase favorita sem saber que vinha de um bolero: "Atiéndeme, quiero decirte algo" era a letra de "Nosotros" de Pedrito Junco que sempre chamavam de "o malogrado Pedrito Junco", como se não fôssemos todos uns malogrados, inclusive os novos autores de romances.

— Tenho que ir à filosofia.

— Aonde?

— À Filosofia.

— Não me diga!

— E por que não te diria?

A filosofia, desde Sócrates, serve para cobrir a ignorância com a pátina do pensamento. Houve toda classe de filosofia: aristotélica, platônica, neoplatônica, escolástica, clássica. Mas em Havana chegou ao cúmulo: a filosofia é uma loja de roupas. Mas ainda há mais coisas entre a terra e o céu, querida, que as existências da sua filosofia.

— Sério? — disse ela.

— É sério mas é piada. Por isso gosto de chocolate.

— E o que tem a ver agora o chocolate?

— O chocolate se chama cientificamente *Theobroma cacao*, uma broma, uma piada, de Deus. Quer uma piada francesa que tem a ver com sua pátria, sua mátria e o chocolate?

— Não entendo piada.

— Eu sei, mas tendo dois um não basta.

— Como você fala esquisito.

— Eu sei. Agora uma menção comercial. Dizem os franceses, À *Cuba il n'y a pas de cacao*? Boa novidade, não é verdade, minha beldade?

Não sorriu, nem sequer um ricto na comissura. *Comic sure.* Tinha menos senso de humor que a Mona Lisa. Ah, as mulheres. *Cherchez la fun.*

— Que caralho é isso?

Ela falava muito palavrão. Mas eu não tinha me dado conta antes. Desde quando começou a falar? Talvez falasse antes de eu conhecê-la e eu não tinha percebido. Mas o hábito dos palavrões é como o vício de fumar, umas não ficam bem fumando, a outras dá uma graça ambígua, como se fossem rapazes de cabelo comprido, lábios pintados e unhas esmaltadas. Estelita achava graça nos palavrões, até os havanismos lhe agradavam: *matraca, punto filipino* e até *malanga** saíam de seus lábios perfeitos como pérolas imperfeitas numa dicção barroca.

A palavrinha soou em seus lábios de menina.

— Um jogo. Um jogo de azar e pouca roupa.

— Vá à merda — que era outro palavrão.

Ah, essas moças modernas, todas palavrões e mau humor. Pouco humor. Nada de humor. Lembrei-me de que o filme com menos humor que eu tinha visto em minha vida se chamava *Humoresque*. Uma piada porque tratava de amores impossíveis e a música de Wagner, "Morte de amor" de *Tristão e Isolda*, reduzida a um só violino, que John Garfield dublado por Isaac Stern fingia tocar.

— Ah, Estela, não: Estelita, uma pequena estrela, um asterisco de que há que tomar nota.

— Pare de me chamar de Estelita. Meu nome é Estela.

— Como na lápide.

— Que lápide?

— Na que você aparece como seu próprio monumento.

— Você me sufoca com sua cultura. Juro que me sufoca.

---

* Treco, coisa; malandro; taioba (a planta comestível). (N. T.)

Meu amigo Antonio, que depois se chamaria Silvano, me descreveu como "aquele escritor moreno que vinha ao jardim com uma mulher de olhos verdes". A importância da frase não o impediu de cometer erros. Primeiro, eu não era escritor, e sim jornalista, segundo, eu não ia ao jardim mas ao El Jardín, un café com terraço. Terceiro, ela não tinha olhos verdes, mas de cor cambiante de uva, castanhos às vezes, outras amarelos como o sol: é por isso que lembro deles da primeira vez que a vi de dia com olhos dourados, como os de Doc Savage, *the golden hero*.

Silvano, que havia deixado de lado seu enorme talento literário para escrever novelas de rádio, ao ver meus problemas econômicos arranjou para que eu também escrevesse para o rádio, orquestrando uma entrevista com os irmãos Cubas, que era como dizer com toda Cuba. Naquela época eu tinha cortado o cabelo à escovinha e a conversa com um dos Cubas ou com os dois terminou num previsível desastre porque eu não mendigava e tratei de expor minha concepção do que era o rádio e escrever para o rádio. O veredicto dos dois Cubas foi dado por um dos dois dizendo a Antonio que eu era um escovinha neurótico. O que afinal de contas era verdade. Mas como eles eram os fabricantes do Gravi, "o rei dos cremes dentais", acharam que eu queria chegar onde a escova não alcança — que era por certo o lema do creme dental Colgate, produto rival. Assim me salvaram de uma sorte pior que a morte.

Não me lembro se abri a porta ou se já estava aberta. As portas resistem mais à memória do que os intrusos, mas eu era um perito em viver de portas abertas. Em todo caso o segredo foi (revelado) atrás da porta (velada) e se estava fechada não devo tê-la aberto. Ao abrir, ao entrar vi que Estela não estava sozinha. No quarto reduzido havia outra pessoa, um homem. Estela, Estelita, como era seu costume, estava sentada na cama desvestida, vestida ela com muito pouca roupa.

— Ah — disse ela sem exclamar —, é você.

— Quem mais, senão? — disse eu sem perguntar. A única pergunta era quem caralho é esse cara? Mas antes de eu perguntar ela me disse:

— Lembra do meu tio?

— Não.

— Não se lembra de que o vimos em Havana Velha uma manhã?

— Não me lembro. Mas o que ele faz aqui?

— Veio me visitar, claro. É meu tio.

— Como soube onde você morava?

— Disse a ele. Por telefone.

— Você tinha o número dele.

— Não, procurei na lista. Ele é eletricista.

Calou-se. Obviamente, as interrupções se deviam às perfurações do meu estilo. Foi então que o homem (a visita, seu tio, o que fosse) se pôs de pé. Parecia mais alto: obviamente, eu me lembrava dele mais baixote. Parecia um campônio: um rústico.

— Se estou incomodando, vou embora.

E ríspido e, esperava eu, rápido. Adoro as aliterações significativas, porém preferia que se fosse. Se foi. Não sem antes se despedir dela e não de mim. Ríspido e rápido.

Há nos ciúmes um sexo, *sexto* sentido que nos faz penetrar a trama mais espessa. As trevas da noite se faziam claras como se minhas suspeitas fossem minha lanterna trágica. Não há Iago traidor sem Otelo traído.

Ela era incapaz de dizer uma mentira mas era óbvio que não me dizia a verdade, que ela estava me enganando, que era falsa e traiçoeira. Como explicar?

Como descrever a qualidade da pele de Estela que irradiava mais do que refletia luz e era a uma só vez essencial e material ao cobrir um corpo que não era sutil mas simplesmente, depois da primeira noite, hostil? Sua pele era a sua fronteira. Atrás havia um mundo escuro, feral, uma selva selvagem e misteriosa. Ela, como todo território inexplorado, atraía e metia medo ao mesmo tempo. Fui eu quem a descobriu, mas sua exploração (nunca pude falar de conquista) foi custosa. Só me salvou meu instinto de preservação, que foi desde criança uma espécie de anjo da guarda.

Sempre admirei em Cary Grant não sua estatura mas sua habilidade para encontrar um táxi vazio e pegá-lo. *Intriga internacional* é mais que nada um desfile de táxis: para pegá-los, a ponto de pegá-los e pegando-os. A parataxe, como em *O falecido Mattia Pascal*, era meu recurso retórico.

Decidi ir ver Branly, fazia dias que não o via. Saí portanto da *Carteles* e fui de táxi, aquele mesmo da esquina com seu motorista salaz mas veloz, ver Branly em sua casa na rua Línea, onde ficava a casa de cômodos que quase transformei em casa de encontros, fácil de encontrar porque a rua Línea parecia ter sido desenhada a esquadro.

A propósito da Línea, se chama Línea por causa da linha de bonde. O nome a tornava particularmente distinta, já que as linhas do bonde cruzavam Havana de cima a baixo e nenhuma outra rua se chamou Línea, salvo, claro, a rua Línea. A Línea era um encanto quando passavam os bondes, que iam pelo meio da rua como entre jardins. Ao terminar a Línea, o bonde continuava para dar uma volta no morro onde está o Hotel Nacional.

Lá rodava incólume por essa escarpa Mutia e saía, ileso, à rua Infanta, deixando de ver o Malecón e o mar. Nas noites de lua, o bonde viajava, breve, por entre uma paisagem encantada. A Línea, agora, devia se chamar Asfalto. Ou, já americanizados, por que não chamá-la de Macadame?

Não havia ninguém no seu quarto, que estava estranhamente fechado. Ao sair, me encontrei com a zeladora, que se chamaria *concierge* se esta casa de cômodos se chamasse pensão.

— Não tem ninguém na casa de Branly?

— Não, ninguém. A senhora está no hospital.

— Está doente?

— Não, foi cuidar do filho.

— Branly? O que aconteceu com Branly?

— Bem, o senhor sabe, vou lhe fazer uma confusão.

— Uma confusão?

— Desculpe, uma confissão. Robertico — ela sempre chamava Branly desse jeito — tem um defeito.

— Só um? — ia perguntando, mas ela prosseguiu:

— Eu é que descobri, e não a mãe dele, que com toda essa história do divórcio e do trabalho... Ela é farmacêutica.

— Eu sei.

— Mas ela não sabia do defeito que Robertico tinha. Quem descobriu fui eu, esta que está aqui, faz anos, quando Robertico ainda garotinho se passava sabão no chuveiro. Como posso dizer?

Essa velha é que precisava que lhe passassem um sabão.

— Diga, diga. — Eu já começava a me interessar. A gente aprecia mais os defeitos de um amigo do que suas virtudes.

— Ele estava tomando banho e eu espiando, e vi que Robertico tinha a coisa mais pequenininha do mundo e essa coisica era grudada nas suas partes.

Nas artes?

— Eu contei pra mãe dele, que não quis acreditar. "Meu

filho", ela disse, "é irreprochável". Foi o que ela disse: irreprochável.

— Não teria dito irreprovável.

— Não, disse clarinho irreprochável.

Roberto, o Irreprochável, cavaleiro coberto.

— Disse que devia levá-lo ao médico mas ela não me ouviu. Claro, eu não disse a Robertico, só estou dizendo ao senhor agora. Isso aconteceu faz anos mas agora teve de interná-lo com dores.

— Parafimose.

— Como?

— Fimose. Aderência do pênis.

— É isso?

— Deve ser. — Eu quis estudar medicina mas a felicidade sempre se interpôs.

— Pois o Robertico está no Calixto García.

— Vou visitá-lo.

— Não vá, não, que ele está muito encabulado.

Encabulado, envergonhado, e daí?

— Mas não diga que fui eu que disse. Ninguém deve ficar sabendo. Só eu sei. Confio no senhor.

— Não vou contar a ninguém.

— Confio no senhor.

— Obrigado, senhora, passe um bom dia.

— O senhor também.

A partir de então a medida dos pênis passou a ser conhecida entre nós por branlys de comprimento. Seis branlys, por exemplo, era o tamanho de um pênis normal. Dez branlys era um pênis anormal. O fac-símile de um branly é conservado no museu de pesos e medidas de Sèvres, esculpido em irídio. Os boatos de que um branly de cera foi exibido na visita a Havana do Musée Dupuytron são totalmente falsos.

Por estranho que pareça (e ainda hoje me parece esquisito), aquela noite na pousada foi a única vez que fizemos amor. (Na verdade nunca fizemos, nunca *singamos*. *Singar*, essa perfeita palavra havanesa: a carne feita verbo.) Toda a nossa relação foi um longo *coitus interruptus* que nunca completamos. Fazer amor, essa outra classe de amor, foi um intento abortado várias vezes. Sempre tentei a felicidade com ela, mas ela às vezes se interpôs. Se todos nascemos para ser felizes (como proclamam os filósofos otimistas), ela nasceu para ser infeliz — e conseguiu plenamente. Mesmo então, e no meio da nossa escapada (o que foi para mim uma grande aventura no início), eu tinha pena de Estela. Ela, por sua vez, repudiou meu sentimento: nunca conheci ninguém que lamentasse menos a própria sorte. Para ela sua vida não era ruim nem boa, era somente a vida. Isso fez dela, então, uma nova heroína para quem a vida não era uma intoxicação mas um veneno lento que havia que apressar. Não acreditava ter vícios nem virtudes. (Talvez seu único vício tenha sido fumar um cigarro atrás do outro.) Sua única virtude era ser mulher. Não uma menina nem uma adulta mas uma etapa intermediária em que era toda mulher. Claro, não era uma fêmea. Era muito atraente mas havia muito pouco sexo em sua composição.

Só fui ver *E Deus criou a mulher* meses depois de ter deixado Estela, mas o personagem de Juliette se parecia tanto com ela que ao ver o filme no fim daquele ano pude compreender um pouco Estela. Lá estava seu fastio, que era uma forma de indiferença, seu corpo propício ao sexo, que não lhe interessava nem um pouco, sua busca inútil, que era na realidade um único destino. Era uma mulher moderna, mas talvez não o fosse totalmente. Era do momento porque um ano ou dois antes não teria existido, mas dava a impressão de não ter futuro. Seria uma existencialista, qualificação que a teria feito rir, se é que ria? Ou era, o que é mais provável, uma amoral absoluta? Era, creio, da sua época, mas não era nem um pouco do seu país. Daí sua fascinação: era uma visitante ou uma turista perdida — e a ênfase deve ser posta mais em perdida do que em turista.

Saindo do Trotcha, ainda em seu lobby (ou como quer que se chamasse esse recinto do vento fenomenal, cálido, calorento, que vinha da rua e não do mar), sem nem sequer chegar à calçada, veio até nós uma mulher que antes havia sido uma moça e que eu havia conhecido quando éramos estudantes, ela de medicina, preta, de cabelos bem negros, de olhos tão puxados que me pareceu tibetana sem eu nunca ter conhecido ninguém do Tibete nem estado em Lhasa, nem visitado o palácio de Potala. Por ela eu havia estado aparentemente apaixonado mas nunca deu bola para mim porque eu achava que ela meio que era não era lésbica. Agora, ainda indo não vindo em nossa direção, cumprimentou Estela. Mas não a mim. Cumprimentou efusivamente Estelita, que disse:

— A doutora — como se fosse a única no mundo e que era mesmo a única no hotel. Residente ela, não interna.

— Doutora — disse eu a ela para aceitar o título como se fosse nobiliárquico.

— Muito prazer — disse ela. — Um amigo de Estela é meu amigo.

Deu-me vontade de imitar Grau: "Amigos, amigos de todos, a cubanidade é amor".

— Te vejo — disse a doutora — depois.

Era um encontro?

Qué lejos ha quedado aquella cita
que nos juntara por primera vez.
Parece una violeta ya marchita
en el libro del recuerdo del ayer.

Muito obrigado, muito obrigado, muito obrigado. Era Pedro Vargas ouvido no rádio. Gordo, feio, com cara de índio mexicano que eu imitava em cada fim de ano do bachalerado, entoando, mal cantando esse bolero intelectual que falava de lírios e de livros e de delíquios. Só a paródia me vestirá com a toga viril. Eu a fazia, claro, porque as garotas adoravam. Não eu, mas o Pedro. Valeu Vargas.

Naquele tempo eu assinava minhas crônicas como o cronista usando um subterfúgio como refúgio na terceira pessoa. Eu o havia adotado (e adaptado) da vazia impessoalidade dos cronistas sociais, mas caiu como uma luva na mão irreverente. Foi como cronista que fui assistir à estreia de *Gli sbandati* e a crônica se intitulava "Uma obscura debandada" e, mais que falar do filme, falava de mim mesmo, de minha nada lúcida, alucinada, fuga da ordem familiar.

A fita, que ia se chamar primeiro *O fim do verão* e que foi filmada quase inteiramente na bela villa de Toscanini em Cremona, não passa de uma solução negativa — isto é, negativa para o personagem principal — do problema de Édipo. Quando Andrea parte com a mãe rumo à segurança e à riqueza e deixa para trás Lucia e tudo o que ela significa de risco e de ventura, deixa na realidade abandonados o amor e sua condição humana.

Há um breve conto de Q. Patrick em que um filho, para se livrar da sua mãe-hera, decide matá-la, aconselhado por sua amante-trepadeira. O assassinato será consumado na montanha. Mãe, filho e amante — as três pessoas do verbo amar — sobem a empinada encosta. À beira do precipício há um ligeiro momento de confusão. Um corpo cai no vazio e a lua ilumina os sobreviventes. Todo o horror da história está nesse momento: o filho assassinou a amante. A mãe-hera ganhou.

O cronista havia triunfado sobre sua amante naquela noite chuvosa de meados de agosto.

Poderia falar de sexo. Ou melhor, não poderia. O sexo nunca foi principal em nossa relação. Tampouco poderia falar de amor, porque nunca houve de fato nenhum. Mas poderia, *posso*, falar de obsessão: essa foi a paixão dominante em nossa breve vida juntos. Falei de relação mais acima porém mal posso usar essa palavra no sentido que tem no dicionário. Qualquer dicionário.

Cheguei à conclusão de que não lhe interessava o sexo, nenhum sexo, através precisamente do sexo. Tampouco lhe interessava o simples amor. A frase é ditada pela experiência: a minha e a dela. Era, acredito agora, patologicamente incapaz de qualquer afeto. Era uma versão feminina de Meursault. Talvez o sol excessivo é que criasse cortinas na moral. Mas eu também padecia o sol inteiro e sofria de umas culpas que, mais do que um complexo, eram um reflexo. Mas ela era valente, generosa e leal com o que acreditava — se é que acreditava em alguma coisa. Antes escrevi: "e leal à sua pessoa". Mas acredito agora que ela não acreditava nem nela. Seu corpo, esse corpo humano, demasiado humano, se transformou em divino. Não por adoração, mas porque é agora o oposto do que foi: intocável.

Durante o tempo que durou sua aventura e minha ventura, ela esteve virtualmente sequestrada por mim. Mas eu não era seu sequestrador e sim toda a companhia que ela pôde ter.

Ela repelia não tacitamente, o que implica consentir, mas plenamente ser um personagem, tanto quanto eu me empenho agora em fazer seu personagem. Era a mulher (e eu não falo de uma mulher em três dimensões se não tive antes uma espécie de intimidade com ela) mais intrigante e menos dada à intriga. Mas sua franqueza a perdeu para mim. Como sou eu quem escreve estas páginas (e obviamente não ela), é que procuro recuperá-la. Não só na memória (nunca deixei de me lembrar dela), mas nas minhas memórias. Ela é um corpo divino mas também um fantasma que ronda minhas recordações.

Pelas noites caminhávamos. Indo às vezes Calzada acima, outras vezes pela Línea até o Malecón. Era verão e a noite era quente, mas soprava a brisa que vinha do mar. No começo da rua Línea atravessamos a rua e ela assinalou um sinal no caminho.

— O que é isto?

— Um cenotáfio.

— Cenotáfio?

— Um monumento funerário onde não tem ninguém enterrado.

Ela se aproximou curiosa.

— Diz uma coisa mas está em chinês.

— É um necrológio aos chineses que lutaram na guerra da independência.

— Isso é o que é, mas diz o quê?

— Diz: "Nunca houve um chinês traidor nem um chinês desertor".

— Você sabe chinês?

— A tradução em espanhol está do outro lado.

— Por um momento você me assustou.

— Você se assustou?

— Juro. Tive a ideia de que você era chinês.

— E se fosse?

— Eu nunca sairia por nada deste mundo com um chinês. Pensando bem, eu me arrisco, porque você tem pinta de chinês.

— Não tenho pintas.

— Parece. Você se parece chinês.

— É o que dizem.

— Você tem alguma coisa de chinês?

— Coisas de uso.

— Mas tem um ar chinês. Tem certeza de que não tem nada de chinês?

— Tenho.

— Não, acho que não. Tenho certeza que não. Detesto os chineses. Acho que, se eu estivesse doente, mas muito doente mesmo, o médico chinês não me salvaria.

Será verdade, como disse um sábio, que só encontraremos as palavras quando o amor já houver morrido?

Virgílio se enganou. O amor não conquista tudo. O amor não conquista nada. Melhor ainda, o nada conquista tudo. O nada é onipotente.

Acabava de fazer uma descoberta que devia ter feito na primeira noite. Tudo comigo acontece de noite. Agora, no escuro, na noite, na treva se fez dia. Ela, acabava de descobrir, já não era irresistível. Talvez nunca tenha sido. Estava tão nua quanto uma faca sem bainha. Mas parecia uma boneca cupido, uma *Kewpie doll*. Era uma *poupée* e havia deixado de me interessar: uma boneca de trapo abandonada no lixo de que só a cabeça tinha algum interesse. A operação se fez, sem dúvida, sob anestesia. Decidi esquecer Estela, mesmo quando fosse Estelita.

Não havia lua naquela noite. Não havia mais luz que a das

castas estrelas e, claro, a da imorredoura iluminação pública. Mas eu estava falando da iluminação privada da noite. Essa lua caribenha, lua canibal, devorava seus adoradores. A ela não importavam a lua nem as estrelas mas perecia no fulgor do estio. Ela não dançou mais que um verão.

Não haviam passado seis meses do assalto ao Palácio Presidencial, que terminou entre sangue e fracasso. Dois dos atores de uma operação paralela — o assalto à CMQ para irradiar uma arenga revolucionária — tinham vindo se refugiar na minha casa. Eram Joe Westbrooke e seu primo o Chino Figueredo. Agora Joe estava morto, assassinado pela polícia (em seu último refúgio na rua Humboldt), e o Chino estava fugido sabe Deus onde. Havia passado tão pouco tempo e tudo parecia ter se passado no século passado. Nem se podia recordar a cara de Joe com quem compartilhei semanas conversando num quarto na casa da minha cunhada Sara, no mesmo edifício, falando baixinho, conspirando como sempre desde que o conheci numa reunião clandestina num escritório da Manzana de Gómez. Agora Olga Andreu quis saber minha opinião política. Convidou-nos a ir à sua casa, ao seu apartamento, Branly e eu.

Olga Andreu já apareceu em outro livro meu como uma espécie de adolescente com pretensões culturais que serviam a Branly de ceva e sebo para os peixes coloridos que ela guardava em seu estojo líquido. Ela tinha então dezesseis anos. Agora era uma espécie de Apaixonada. Falava sobre o fundo musical do disco com o Concerto de Bartók para o qual eu não acendia Vela (ou Béla) porque não passava de uma rapsódia húngara para orquestra. Olga conhecia minhas opiniões musicais mas agora queria falar de política. Estava sentada descalça num banquinho, de modo que seus joelhos ficavam mais perto do rosto que do chão, e começou a mexer no pé com uma das mãos. Eu sabia o que se seguiria: num momento em que a coisa ficou difícil ergueu a perna, e o pé ficou junto da sua cara — e tranquilamente começou a roer unha. O extraordinário é que a unha que ela roía era a do dedão do pé. Há que dizer que Olga era muito limpa mas essa de roer a unha dos pés era, como diria?, um gesto *in extremis*. Coisa curiosa, Olga não dava nojo: ao contrário, era muito sexy, embora essa palavra fosse nova no meu vocabulário. Era atraente, considerando-a de um modo sexual. Também era uma espécie de musa paradisíaca. Mas não para mim, não para mim. Agora, por entre unhas que ficaram em sua boca, me falou persuasiva.

— O que você acha que vai acontecer?

— Não tenho a menor ideia.

— O que se diz na *Carteles*?

— Não se diz nada. Ninguém fala de nada. A censura é benevolente mas firme. Também é, como toda censura, ameaçadora.

— Mas estamos num estado de guerra — disse Olga veemente. — É uma guerra em todo o país.

— Não no meu.

— O que você quer dizer?

— Estou falando de uma guerra particular.

— É muito mais uma guerrilha sentimental — interpelou Branly, que até então não tinha aberto a boca.

— É verdade? — me perguntou Olga com sua costumeira sinceridade visível em seus olhos, refletida nos meus.

— É lamentável que é verdade que é lamentável.

— Ah, Hamlet! — disse Branly —, onde a vingança faz sua obra-prima.

— Sem citações — Olga tornou a me perguntar. — É verdade?

— O problema é que não sei se é verdade ou é ficção. Mas é uma guerra, sim.

— Surda — disse Branly. — Mas não sem orelha. Não é Van Gogh, é Beethoven. Bebe goles e antigoles no vestíbulo, mas para se curar da sua sublime obsessão terá de fazer cocções de orelha-de-monge, curiosamente chamada de umbigo-de-vênus.

— Estou metido numa guerra civil de um só.

— Então são dois: você e Titón.

Pensei que se referia a algum amante.

— Você e aquele ali (Titón) então. Aquele ali não faz mais do que fazer esses desenhosinhos dementes. Desenhosinhos, desenhosinhos — disse em voz cada vez mais alta.

Mas Titón não se mexeu da sua mesa. Nem sequer levantou a cara para salvá-la. Não fazia mais que quase se enfiar dentro da folha de papel, desenhando. De vez em quando levantava a cabeça para levar aos lábios o cigarro que era um perfeito cilindro. Como o enrolava? Titón sempre foi muito hábil com as mãos: o piano primeiro, os desenhos agora e entre tanta habilidade manual escreveu um livro de deliciosos poemas que ele próprio imprimiu com êxtase então. Não faz muito havia recolhido todos os exemplares, um a um.

— E eu — disse Branly —, não me considera? Tenho muito boa pontaria com meu arco. Você aponta que eu disparo.

Branly e eu fomos à sacada, espiar a avenida e os carros que iam e vinham rua abaixo. De repente, Branly me agarrou pelo pescoço. Resisti, mas não era possível resistir a seis andares do chão. Tão subitamente como me agarrou, me soltou dizendo:

— Eu podia te estrangular.

— O que foi?

Branly tinha um lado irracional que se fizera visível na sacada.

— Por que anda dizendo essas coisas de mim?

— Que coisas?

— Isso da minha carência. O que aquela velha de merda te contou.

Ah, era isso.

— Não disse nada a ninguém. Acredite.

— E como chegou até a mim?

— Não tenho a menor ideia.

— Sabe o que quero dizer? Você ficará sem a minha amizade.

— Sempre seremos amigos. Sempre.

— Sempre também quer dizer nunca.

— Tão sempre que vou esquecer que você tentou me matar.

— Te estrangular.

— É a mesma coisa.

É uma pena que Branly esteja morto porque era das pessoas mais engenhosas que conheci. Além do mais era generoso. Não lamento algumas coisas que disse a ele em vida e outras coisas que disse dele. Piadas, anedotas, mas tê-las ouvido deve lhe ter doído.

Não deveria estar escrevendo (dizendo, contando) estas coisas, repetindo o que a zeladora disse, porque Roberto era meu amigo. Noutra ocasião poderia machucá-lo, mas agora nada pode machucá-lo porque Branly está morto e qualquer coisa que eu diga ou repita não o afetará nem um pouco.

Peguei uma gripe feia que me salvou. Apesar de não ser clarividente, pude adivinhar o futuro, mediato, imediato: voltaria a ser livre embora, por puro paradoxo, regressasse ao meu estado de homem casado, pai de família, filho da minha mãe, amigo dos meus amigos, cidadão exemplar. Ah, a gripe. Ela é que te pega, não é você que a pega.

— É uma gripe que passa.

— Verdade?

— É uma gripe de verão que passa com o verão.

— Quem falou?

— Minha mãe.

— Ah, sei.

— Não faça pouco caso. Ela é enfermeira e entende muito de medicina.

— Não de medicina caseira.

— O que você quer dizer?

— Que se entendesse de medicina caseira teria lançado mão dela para que você não fosse embora.

— Quer dizer que é isso.

— É. Se sua mãe tivesse dado mais atenção a você não estaríamos como estamos agora de pensão em pensão, de hotel em hotel e num fim que é um princípio, num último refúgio que foi o primeiro.

— E você, claro, estaria livre do peso que sou.

— Não disse isso.

— Mas implica isso.

— Implico. Além do mais, desde quando você usa palavras como implicar? É um verbo culto para uma moça como você.

— Você me contagia com a sua gramática.

— Não é gramática, é vocabulário.

Era a rebelião das musas: Clio, Terpsícore e suas *alias inter pares*.

Um dente cariado soltou um pedaço e deixou outro mal colocado em seu lugar. Grave coisa. Agora minha língua, perversa, procuraria cada segundo no lugar da cárie, perguntando-se a mim, Amin, onde está a parte do dente que falta. Divertimento noturno.

Enfim, minha deusa *ex machina*.

Sou um doente que caminha por um sonho. Depois escalo. Monte adentro. Mas por que faz isso? Porque ela está aí. Ela é meu Everest e ao mesmo tempo meu Neverest.

— Temos a vida pela frente — disse eu.

— O que temos é a morte pela frente — disse ela, sempre sombria.

Não sofri a coisa, como se diz, em carne própria, mas em carne alheia.

Como chamar um momento que dura menos de um momento mas vai mudar uma vida? *Fatum* é fátuo. Destino é quando uma força irresistível tropeça com o objeto imóvel que você é. Destino também é desatino.

Agora sei que o momento em que a vi pela primeira vez foi um momento equivocado.

Estela era então (a aliteração não é uma alteração) uma personagem do romance dela mesma. Era sua própria personagem, sua protagonista e ao mesmo tempo sua antagonista sem angústia existencial. Ela sim podia dizer "Mamãe morreu ontem. Ou foi anteontem?".

— Vai ficar aí o dia todo e a noite toda?

— Quando a gente está cansada da vida, a cama é o melhor lugar pra passar o tempo.

— Está cansada da vida?

— Você nem tem ideia de como estou, de como sou velha.

— As moças como você se autodestroem em pouco tempo.

— Não sei o que é se autodestruir.

— Devia saber. É o que você faz melhor. Seu lema devia ser vive morrendo, morre jovem e é um cadáver esquisito.

— Nunca tive lema, mas gostaria sim de ser um cadáver esquisito, se não descansado.

— Descanse em paz.

— Quero te dizer que vou me vingar mesmo que tenha de sair do túmulo.

— Se vingar? De mim?

— De todos e de tudo.

— Você parece tão distante.

— Estou distante.

— Não vá longe demais.

— Não se preocupe.

— Tanto que não possa voltar. Dizem que a distância é o olvido.

— O que então quer dizer?

— Nada. É a letra de um bolero.

— Você e seus boleros.

— Aposto que nunca pensou em mim como um homem apaixonado.

— Francamente, querido, nunca pensei muito em você.

— Isso não pode ser verdade.

— O que você sabe da verdade, da minha verdade em todo caso?

— O que eu fiz, fiz por você.

— Que galante!

— Você acha que eu teria fugido com outra mulher?

— Você se casou, não?

— Você não tem remédio.

— Tenho remédio sim. A morte.

Eu estava doente. Ela era a minha doença. Estela era. Mas como me curar? Foi então que pensei em matá-la. No entanto, o crime é uma transgressão séria.

"Morreremos juntos", devia ter dito a ela. Mas eu não queria morrer junto com ela nem com ninguém. Eu não queria morrer, eu queria viver. "A mim não, a ela", disse Winston Smith quando veio a morte totalitária. Era ela que queria morrer. Que morreu. A morte, como todas as coisas, se se deseja demais que ela venha, acaba vindo.

Estelita, como um bolero na moda, sempre tinha sido uma marionete do destino. O bolero continua: "E é por isso que te amo tanto". Mas eu não a amo: amei-a e não creio que sequer tenha sido isso. Foi antes um capricho, mas Oscar Wilde já disse que a diferença entre uma grande paixão e um capricho é que o capricho dura mais. Estela durou mais, ainda dura. Mas nunca foi uma grande paixão. Foi, sim, um momento de amor que dura um momento. A anfibologia me permite dizer um momento de amor, mas não obriga a dizer que durou mais de um momento. Ah, amor.

Ela nunca teve uma explosão emocional. Nunca a vi fingir a menor emoção. Mais ainda, eu a vi se emocionar muito poucas vezes. Uma dessas vezes ocorreu no fim, antes do fim. No fim fim foi tão alheia como sempre. Nunca a vi rir, nem sequer sorrir. Uma seriedade tão profunda só vi nas crianças quando vão chorar. Depois das lágrimas e das caretas de choro, as crianças voltam a ficar sérias. Sempre me surpreendeu um aviso na Fotografía Núñez, da Galiano esquina com Neptuno, que dizia: "Seu filho chora, Núñez o retratará rindo". Às vezes com Estela eu me sentia um Núñez sem sucesso.

Em junho pensei que nunca chegaria setembro. Mas agora já é setembro. Soube disso porque começou a chover e os dias se tornaram cinzentos.

— Dizem que vai chover.

Sorri.

— Dizem que eu vou ver.

Fui até as persianas.

— *Persicum malum* ou talvez *bonum*. Tudo depende de quem olha.

— O que isso tem a ver?

— Nada, claro.

— Sabe, às vezes penso que você não está muito bom da cabeça.

— Como sua falecida verdadeira mãe.

— Quer deixar minha mãe em paz?

— Em paz ela está, mas eu nem na paz dos sepulcros creio. *De mortius nihil nisi bonum* ou, melhor dizendo, *malum*.

— Não dá mais pra entender o que você diz.

Estava de visita, que mais seria?, em seu quarto quando ouvi um barulho que era um estrondo de aplausos.

— O que é isso?

— Está chovendo.

Em Havana, quando chove, chove de verdade e pode-se acreditar que acabava de começar o dilúvio universal.

— Odeio chover.

— Chover é um verbo impessoal.

— O quê?

— Se diz chover, se bem que no seu caso pode-se dizer ver chover. Ou melhor, ouvir.

— Odeio a chuva.

— Mas não acha que é muito lindo ver chover quando se está ao abrigo numa arca pra dois?

— É capaz de acreditar numa coisa?

— No quê?

— A metade do tempo não entendo o que você diz.

— E a outra metade estou calado. Não é isso?

— Acredite que desde que te conheço nunca te ouvi calado.

— Isso faz de mim, suponho, um gárrulo. Gárrulo, antes que você me pergunte, é alguém que fala demais.

— Acreditei que se dizia falador.

— Também. Se você quiser simplificar.

— Quer dizer então que você é um gárrulo?

— Você não sente falta da sua casa?

— Nem um pouco.

— Mas é seu passado.

— O passado é um traste traiçoeiro.

— Mas será sempre seu passado. Mesmo nosso presente será um dia passado.

— Quer apostar?

— Nunca jogo. De modo que, mesmo perdendo, ganho.

— Eu também não jogo mas estou acostumada a sempre perder na vida.

Ela não negava a vida mas tampouco a afirmava. Para mim, a literatura era mais importante que a vida. Ou era, em todo caso, a forma da vida. Para ela não havia mais que indiferença e aborrecimento. Quer dizer, vazio, o vazio. Mas ela vivia e eu só a observava vê-la viver e sofria, a princípio. Depois, como agora, só sorria — ou ria dentro de mim.

— Você é uma enroladora — disse a ela e ela me disse:

— E você um enrolado.

— *Touché.*

— O quê? — perguntou como sempre.

— Quer dizer tocado em francês, que me acertou em cheio.

— A tocada sou eu.

— Todos os meus amigos falam.

— De quem?

— De você e de mim. De nós.

— Não me faça rir.

— Que você tem os grandes lábios partidos.

— O quê?

— Esqueça o tango e cante um bolero. Não é assim?

— Escolha você que canto eu.

Ela me olhou com seus olhos de caramelo vital.

— Por que você não me mata?

— O quê?

— Você ouviu muito bem. Me mate.

— Estava pensando nisso. Pode crer.

— Assim resolvemos todos os problemas.

— O assassinato é um assunto sério.

— Por que não me suicido? Poderia ir à farmácia e comprar arsênico.

— Não vendem arsênico na farmácia.

— Posso me jogar debaixo de um caminhão.

— Não passam caminhões na Calzada.

— Posso me jogar no mar do Malecón.

— Não tem mar nesta parte do Malecón. Só pedras e rochas.

— Que tal um tiro no olvido?

— Diz-se ouvido com u.

— Ah, não posso nem mesmo me matar sem que você me mate antes com a sua gramática.

— Acho que você não vai se suicidar hoje.

— Não é brincadeira. Estou falando sério.

— Você nunca falou brincando. Esse é seu mal. Seu pecado original, América.

Tive pena dela alguma vez? Não tive tempo então, com minha vida transformada numa vertigem. Agora é tarde demais para todos e nem mesmo sei se eu a amei ou foi tudo uma miragem de juventude que começava a ir embora numa fuga de ocorrências.

Mas esta história, leitores, quero que seja de literatura dura, aquela que começou com Caim e terminou em James M. Cain. O que bateu na sua porta. Aquela que é manejada pelos deuses menores. Aquela que se deleita em pegar moscas com uma mão pelo simples prazer de arrancar as suas asas. Moscas propícias que depois de doar as asas dão voltas e reviravoltas em torno de si mesmas.

Há, sempre, um conflito entre o amor e a vida. Isso se chama romantismo que é, afinal de contas, mais uma posição ante a vida do que em face da arte. Se você diz e repete: "Sou um romântico incurável", está admitindo que padece de uma doença. Isto é, um estado crônico, uma espécie de gripe do espírito e a única coisa que pode curá-lo é outra doença incurável. O medo, por exemplo.

Cheguei a ficar com medo de Estelita e sabia que, se não a destruísse, ela me destruiria. Foi aí que pensei em matá-la. Pouco depois decidi matá-la. Não me restava mais que levar a cabo o crime. Como o assassino perfeito, o dr. Bickleigh, deixei passar uns dias antes de tomar medidas para assassinar Estela. Segundo o bom doutor, o assassinato é uma coisa séria. E, uma vez que a matasse, que fazer? Teria de me desfazer do seu cadáver, agora transformado em corpo de delito. Podia queimá-la. Mas isso significava tocar fogo no Trotcha e a imolação de Estela se transformaria num holocausto epônimo. Podia levá-la, já morta, ao Malecón e jogá-la no mar de onde um dia pareceu vir. Mas como transportá-la? Podia esquartejá-la e repartir suas partes privadas até torná-las públicas por todo El Vedado. Mas o esquartejador é um fetichista violento. Ama os pés, ama os tornozelos, ama as pernas e as partes mais que a arte que é um corpo. Poder-se-á dizer que Estela viria para mim em seções. Toda essa divisão das carnes me fazia considerar o assassinato não como uma arte mas como um artesanato, um ofício: peixeiro, pedreiro que desgruda os tijolos. Bem longe, como se vê, do Quinze: era assim que Bragado pronunciava o nome de De Quincey. Disse o legista que o menor deslize seria desastroso. Como chamar o autor de *Do assassinato como uma das belas-artes* por um número.

Todos os crimes bem-sucedidos são iguais. Só os crimes que falham se diferenciam entre si. Mas os crimes que nunca são cometidos são os mais bem-sucedidos: toda a sua arte reside em seu plano ou em sua concepção. Somente dias depois de decidir matá-la é que dei um grande passo escrevendo este lema: "O assassinato é um assunto sério". Ocorreu num sábado quente no início de setembro. *Summery execution.*

Bati na porta sem me dar conta de que batia na madeira. A única coisa que me faltava era ir ao café e jogar sal derramado em mim ou acender três cigarros com um só fósforo. Superstições. Ou estações para evitar chegar ao inferno. Desculpe, meu senhor, é este trem que vai direto para o Averno? Última parada: a estação Erótica. O inferno está mobiliado só com camas sem travesseiro. Tem uma luz vermelha no alto mas o quarto — nenhum com diárias grátis — está escuro. Uma música na moda é um bolero triste. Eu disse embaixo que mandassem tragos lá para cima, preparado eu para o estrago. Um trago é um bode expiatório da tragédia por vir.

Quando entrei, recebi dois golpes. Um na vista, outro no olfato. Ela estava deitada na cama, nua, fumando. Não totalmente nua. Vestia calcinhas brancas e a pele do seu corpo já não estava dourada: o verão acabou. O cheiro era de papel e cigarro barato queimando. Estava fumando um desses Royales que eram tão baratos quanto seu nome: o filho da rainha que não é o filho do rei. Ela também era bastarda. Olhei para ela, olhei bem para ela: era a mesma mas tinha mudado. Tinha se feito mulher: a menina prodígio tinha se tornado mulher.

Ela estava deitada de costas na cama, a cabeça encostada no travesseiro como se se dispusesse a ler "O livro da sua vida", pensei citando. "Um livro pequeno, ou melhor, curto." Estava ali e era como se fosse uma estátua, não de perfeição mas de imobilidade. Se muitos filmes e algumas fotos tiveram, têm, para mim um efeito sexual, as estátuas sempre me deixaram impávido, são ruínas que não me comovem. Ela era uma estátua lívida agora que sua cor dourada que vi no primeiro dia se fora. Era uma perfeita estátua — que fumava. Não eleeme mas um cigarro — menos que isso, um mata-rato que fedia em todo o quarto.

Olhou para mim com desdém, e desdém com desdém se pega. Não gostei nada do seu olhar. Como ela me veria realmente? Se pudéssemos nos ver como os outros nos veem, a imagem não seria virtual, seria infernal. Não me refiro, é claro, à imagem do espelho. Nem muito menos à fotografia, parada ou em movimento. Refiro-me à imagem em terceira dimensão, viva e exata. Nesse momento me dei conta de que acabava de inventar o holograma — ou eu mesmo era um ente criado pela esquizofrenia.

Seus olhos, pálida opala, eram de um claro entardecer no trópico e logo submergiriam numa noite escura com fosforescências perigosas. Os olhos do tigre e do diabo também são amarelos. Somente o anel de ouro da sua esclerótica era uma membrana diferente. Sua íris era um arco-íris de um só esplendor dourado. Mas no fundo tinha um ponto cego. Aprendi isso tudo com Vesálio faz uns anos. Na sua fábrica. (Depois da crise, vem a lise, que é uma diminuição gradual da febre. A crise é sempre uma mudança para melhor.) Não lhes disse ainda que estudei medicina por um tempo? Mas, como Vesálio, abandonei a teoria médica pela dissecção. Pura prática, Estelita era meu objeto de experiências.

— Já vai?

— Tenho de ir agora. Tenho de ver um filme. Tenho de escrever a crítica depois.

— Vá pro caralho com seus tenhos! Vá embora logo de uma vez.

— Já vou.

Esse foi nosso adeus. Mas momentos depois senti um cheiro estranho e familiar, um fedor. Recendia a carne queimada. A ponta ardente do cigarro tinha se soltado e caído em seu peito, entre seus dois peitinhos. Ela deve ter visto na minha cara o horror em meus olhos que se dirigia à sua pele ardendo. Depois olhou na direção do meu olhar e foi então que se deu conta de que estava se queimando. Não se mexeu, nem sequer levantou a cabeça. Só varreu com a mão esquerda a brasa que iluminava seu peito — e continuou fumando, tragando, acendendo o cigarro quase apagado. Não se queixou, não disse nada e tornou a me olhar. Abri a porta e saí sem olhar para trás: a Górgona tinha se tornado uma fênix. Depois li que os psicopatas têm um limiar da dor muito baixo. Ela era uma doente? Não soube naquela ocasião. Nem sei agora também.

No fim das contas. Ah, "no fim das contas". Como gosto dessa frase popular sem autor que significa uma espécie de ultimato espiritual. No fim das contas, como canta o bolero, o barco tem de partir.

Voy a navegar por otros mares
de locura.

Não navegou, a nave que não podia naufragar, *Titanic* sentimental, estava, precisamente, destinada a naufragar. Pelos alto-falantes vinha uma ordem peremptória: *"Abandon ship! Abandon ship!"*. Já cambamos a bombordo, na popa só restava a recordação. *Abandon her.* (Todo barco, navio ou bote é feminino em inglês.) Abandoná-la. Salve-se quem puder. *Abandon her now!* Ela se via abandonada na cama entre travesseiros baratos. Abandonada, com abandono. Abandono de destino, que tem um significado claro. Abandonei-a à sua sorte que em outros tempos teria sido pior que a morte. Abandonei minha decisão ao acaso. Tudo está escrito pelo acaso, não por mim. Os dados e os fados. Ali abandonei minha vida e segui minha carreira.

Quando ia embora, antes de fechar a porta, vi em cima da mesa de cabeceira, brilhando à luz da lâmpada, a faca. Era uma faquinha mas faz tempo que aprendi que os diminutivos são perigosos.

Ela havia matado sua mãe, se bem que simbolicamente (o símbolo é um êmbolo), e agora eu estava tratando de matá-la sem símbolo e seu suicídio seria o melhor crime. A última coisa que vi foi a faca na sua mesa, a faquinha na sua mesa.

Meus passos, enquanto andava pela última vez por esse corredor aberto, rangiam, meus sapatos rangiam como se o piso fosse de cascalho ou de areia, como se eu estivesse numa praia e o mar fosse a cidade e a lua, e a lua começasse a surgir redonda por sobre o horizonte urbano.

Ao sair da galeria me assaltou o alto espelho do vestíbulo: grande, com uma moldura escura de *majágua*, que era a pronúncia negra de mais água, porque nessa árvore cresciam bromélias, falsas orquídeas, que armazenavam água. Almas ceavam. Mirei-me no cristal do espelho e me vi. Era outro. Mas tinha mudado? A alma estava no espelho. Refleti num reflexo. Trocamos aquele olhar vermelho de que fala Guidemo Passant. Guy de Maupassant. Guilherme que passa. Saí à rua e à noite. Atravessei a rua

Calzada, atravessei a Línea sem lua e entrei no cine Rodi. Estúpido nome. Será que seu dono se chamava Romero Díaz? Ou Rodrigo Díaz? Dessas matutações me tirou o filme, que era *Teu nome é mulher*.

Junior agora queria falar comigo. De que queria falar? Marcou encontro no El Carmelo, sempre lotado àquela hora da tarde, sempre na moda. Consegui mesa no corredor estreito onde se exibiam jornais e revistas e as mulheres velozes que iam ao banheiro. Não pediam licença mas estavam desculpadas. A mesa era tão estreita quanto o corredor, as saias das damas e daminhas iam e vinham mas não falavam de Michelangelo e sim de bobagens com voz de soprano.

Junior chegou e se plantou diante da minha mesa. Para demonstrar quão alto e largo era? Não, é que era tímido e estava intimidado, mas não por mim, não por mim. Convidei-o a sentar e, sempre correto, sempre deferente, sentou-se em frente de mim. Era alto mesmo e quando se sentou vi que era tão largo quanto alto. Nunca tinha notado que era quase um gigante que havia jogado futebol americano (ou como ele o chamava corretamente *grindiron*) na universidade, com o sucesso que fez dele um *grindiron hero*. Com seu paletó xadrez, muito largo nos ombros, se transformou agora em formidável. Mas não imaginem que a mim os gigantes impressionam. Li a *Odisseia* pela primeira vez aos dezesseis anos e sei que Ulisses, com tretas e trama, ganhou do ciclope queimando seu único olho com sua tocha. Mas Junior tinha uma vista perfeita e excelentes reflexos, experimentados nada menos que pelo próprio Ernest Hemingway, bom copo. Uma tarde entrou no Floridita e viu Hemingway sentado numa mesa à parte. Impulsivo, foi cumprimentá-lo, e quando Hemingway viu aquele homem tão alto, tão fornido, vindo para cima dele, por reflexo ou paranoia se pôs de pé tirando ao mesmo tempo os óculos: não queria que o vissem, sempre vaidoso, de cangalhas. Mas levou muito a mal o cumprimento de Junior. "Hello, mr. Hemingway!", disse Junior em seu perfeito inglês com sotaque americano (produto sem dúvida da Ruston Academy). Hemingway o pôs em seu devido lugar. "Jovem", disse, "não é porque alguém está cometendo em público um ato privado", se referia é claro ao ato de escrever o que devia ser uma carta, "que esse ato deixa de ser privado." Junior deve ter feito um gesto de desculpa, mas Hemingway pensou se tratar de uma ação agressiva. Além do mais, Junior era uma cabeça maior que Hemingway, que sempre se considerou o homem mais alto do lugar — quer dizer, do Floridita. Seja como for, Hemingway soltou uma direita mesquinha contra Junior, mas para esquivá-la bastou a Junior um movimento lateral de cabeça e o punho de Hemingway, como as palavras vãs, caiu no vazio. Junior não tinha nem vinte anos e Hemingway já penteava cabelos brancos — poucos porque estava ficando careca embora dissimulasse com um corte romano. Mas, amante que era do esporte, Hemingway concedeu a vitória a Junior. "Você tem bons reflexos", disse tratando-o de modo informal, "devia ser boxeador."

Sentado encostado na parede de vidro que divide o restaurante do terraço, parecia ainda mais enorme — sua enormidade dobrada pelo vidro que se fazia espelho.

Sorriu seu antigo sorriso, deixando que meu sorriso em reflexo o recebesse amistosamente. No entanto não tinha outro mais à mão para o mano a mano. Nunca senti que estivesse diante de um brilhante fracasso. Talvez porque Junior não fosse brilhante mas de maneira nenhuma era um fracasso: em face dos seus diversos destinos tinha sido sempre um vencedor. Era, não há dúvida, um herói positivo, enquanto eu não era mais que o antagonista como antagonista. Mas quando falou senti que estava sentado diante de uma surpresa. A vida é inconsequente assim.

— Como vai, meu velhinho?

Velho cumprimento que vinha do Vedado Tennis.

— Bem, e você?

— De volta. Não sei se para o bem ou para o mal.

— Não temos conversado. Então você é notícia de novo.

— Não, não temos conversado.

O que ele queria dizer com toda essa reticência? Eu não tinha a menor ideia. Decidi ir direto pelo caminho menos reto.

— Como foi na Espanha?

— Sevilha. Um desastre.

— Como assim?

— Me meti a toureiro.

— Não me diga!

— Digo sim. Foi por culpa do Hemingway. Não dele pessoalmente, mas do seu livro *Death in the Afternoon*. Fui à procura dessa morte na tarde. Primeiro em La Maestranza. É a praça de touros de Sevilha.

— Eu sei. Lemos o mesmo livro.

— Depois fui ao que fica atrás: o bairro de Triana, os cafés toureiros. Virei frequentador do café em que Belmonte ainda reinava. Grande conversador embora nunca falasse de si. Falava de tudo menos de touros. Me aproximei, me admitiram, me sentei na sua mesa. Belmonte é fascinante. Velho e tudo mais, via-se porque foi o que foi. Me convidou a sentar a seu lado. Sentei encantado e um dia me perguntou por que eu não me tornava toureiro. Como diz Hemingway, me pareceu uma boa ideia então.

— Você ouviu falar alguma vez de uma gargalhada de milhares de pessoas? — me perguntou finalmente.

— Eu não, mas talvez Bob Hope sim.

— Nunca fui cômico, sempre fui sério e de uns dois anos pra cá meio fúnebre. Foi o que me fez usar um traje de toureiro preto.

— Além da sugestão do Belmonte.

Belmonte, com seu sorriso de lobo, como o descreveu Hemingway, que era só com os dentes, com certeza pregou em Junior a peça da sua vida, inesquecível.

— Isso também. Seja como for, assim terminou minha carreira de toureiro antes de começar. Mas não vim falar de mim, e sim de você. O que tenho a dizer te afeta, mas espero que não afete nossa amizade.

— Me afeta? Lembre que eu sempre soube ver os touros detrás do tabique. Mas faz tempo que me parece um espetáculo risível.

— Risível?

Vendo um homem, em geral um homenzinho, vestido de mulher para esquivar, enganar, ferir, numa palavra tourear um animal que talvez antes fosse nobre e que agora não é mais que objeto de escárnio ante sua bestialidade. Foi o que pensei, não então, mas agora. Não disse isso a Junior, porque por um momento de glória e de infâmia ao mesmo tempo foi o Niño Bernardo.

Junior se debruçou sobre sua xícara de café. Olhei bem para ele. Nunca pareceu mais com o Bill Bendix do que agora. Bendito Bendix! Em A *dália azul* ele tinha uma placa de prata no crânio e música de macaco na mente. De cara maciça, massiva e toda osso, era bondoso, amistoso mas potencialmente perigoso quando a orquestra Mantovani, que se encarregava da música indireta no seu cérebro, tocava sua canção — *Monkey music*. Gostava dele em *Táxi, senhor?*, porque sempre gosto de táxi no cinema, onde sempre se conversa com o chofer. Mas agora de galã, quando sempre foi ator secundário, sentado à minha mesa, em meu canto favorito do Carmelo, era, de fato, *too much* Junior. O que ele quereria me dizer?

— O que você queria me dizer?

— Já vai saber — me disse e depois fez uma pausa que teria deleitado Pausânias, o conquistador de Bizâncio. Agora, voltando a ser Junior Doze, se lançava a fundo. Com o estoque atrás da capa, sem rir.

— Estelita veio viver comigo.

Não era um *ex abrupto* mas sim uma surpresa. Não que Junior depois de um circunlóquio me soltasse assim de supetão essa notícia, mas que por um momento, que durou mais de um momento, não vi a conexão. Tinha havido, sim, suas olhadelas no La Maravilla e os encontros com Estela no Malecón, que acreditei tão fortuitos como uma maçã e um guarda-chuva numa mesa de dissecção. O guarda-chuva preto por fora, de aço por dentro, não era necessariamente uma metáfora. Alguém havia posto Estela na rua para transformá-la num pomo da discórdia. Mas não era Deus, eram os deuses.

— Não lhe dei teto. Eu a resgatei, o que não é a mesma coisa. Não foi por gosto.

— *The company she keeps.*

— Exatamente. Mas não sei por que você disse isso em inglês.

— Porque estou falando com você. Junior é uma palavra americana, não?

— Inglesa.

— Como seu carro, que você dirige do lado esquerdo.

Eu ainda nem tinha dito essa frase quando já sabia que não devia tê-la dito.

— Exatamente, meu velhinho.

— Não tão velho que possa ser seu pai.

— É que você não é meu pai.

— Como vem então me pedir licença para se casar com Estela?

— Eu não disse isso.

— Não tem importância, *ego te absolvo*, para dizer em latim mas com sotaque havanês.

— Acha então que cometi um pecado?

— Ainda não cometeu. Mas é pior que um pecado. É um erro.

— Você acha?

— Se não achasse, não diria. Mas você não veio me pedir nem licença nem perdão.

— Não. Você já me deu, não? Bom, você já sabe. Claro, vou dar uma festa em casa este sábado. Você vem?

— E por que não?

— Seremos doze.

— Como seu apelido.

Junior não sabia, creio que ainda não sabe, por que tinha me feito um grande favor: Estela, solta, era um perigo por ser uma bala perdida, embora fosse, como se diz no exercício da vida, *friendly fire*. Esse fogo amigo tinha se mostrado várias vezes como um fogo — ia dizendo jogo — perigoso. Estela estava bem onde estava. Ao me ver sorrir, Junior sorriu por sua vez. Talvez esperasse um confronto, mas Junior, como todos os homens grandes, queria evitar um problema. Foi bom que me falasse porque sempre gostei dele e ele sabia ser leal, inclusive em ocasiões que para outro podiam ser vistas como desleal. Os sorrisos encerraram a entrevista e por isso naquele sábado fui à sua casa, ao seu jantar.

Mas não tinha contado com que Estela estivesse presente. Seríamos treze. Resolvi não ficar para completar o número que me deu uma boa desculpa.

— Você vai embora? — me perguntou Junior ao ver que eu me ia.

— É que sou supersticioso.

— Você, um materialista?

— Isso no México é um coletor de materiais. Como na frase "pede-se que os materialistas não estacionem no absoluto".

— Você coleta materiais e depois escreve, não é isso?

Junior era sincero e veraz, e eu um mero escritor. Literário, não literal. Lembro quando Estela me interrogou da maneira desinteressada como fazia sempre, como com um meio ponto de interrogação:

— Quer dizer que você é escritor?

— Sim, sou — foi apenas a minha resposta.

— Literato, não?

Não era nem sequer uma classificação.

— Pior seria se fosse um homem de letras, como a sopa.

— Que sopa?

— A sopa de letrinhas. Nunca tomou?

— Nem sei que gosto tem.

— É como se você comesse a página de um livro.

— Deve ter gosto de raios.

— De raias.

Eu era apenas um esteta. Tinha me refugiado na literatura como se buscasse abrigo em sua igreja laica, o jornalismo. Mas eu me considerava um esteta. O esteticismo é o último refúgio do fracasso da vida. Junior era um atleta, um herói. Não me impressionam os atletas andando pela rua: só suas proezas. Junior era um atleta secreto, mas um campeão em potencial. Não quero falar de política mas de poética, da experiência literária, sendo um desdém adquirido pela experiência. Junior, em compensação, buscava a experiência mesmo pondo em risco a própria vida. Chegou até a arriscar a vida pela experiência: foi toureiro e terrorista. Era, não há dúvida, um herói. Mas eu, se não desprezava, pelo menos desdenhava os heróis — a não ser que fossem heróis antigos ou anti-heróis. Encontrava o herói negativo positivo. Junior era um herói na vitória mas não se deixou ser um mártir na derrota. Em suas atividades clandestinas contra Batista, quando soube que tinham pegado seu companheiro de célula e o haviam torturado (ele o viu saindo da quinta delegacia de polícia), tudo o que fez foi ir para casa e sentar na sala esperando que a polícia viesse pegá-lo. Era sua vez e não havia outra coisa a fazer. Foi tudo o que fez e ninguém foi pegá-lo, salvo eu, que com Branly o levaríamos de táxi para o aeroporto, compraríamos para ele uma passagem de avião para Miami, o escoltamos até a saída e o vimos desaparecer na noite da avenida de Ranchos Boyeros. Mas tudo isso, claro, vai acontecer no futuro.

Stella not yet sixteen, para leitores bilíngues. Para os monolíngues, Estela ainda não tinha dezesseis anos. Disse Swift. Mas eu sou mais Sterne do que Swift. Swifty, como o chamava Stella. Swifty McDean. Os dois eram clérigos obcecados pelo sexo. Mas não somos os três? Não somos todos? O sexo é uma obsessão pior que a morte e os franceses unem ambos numa imagem do orgasmo como órgão, o orgasmo: *la petite morte*. A pequena morte de cada noite nos dai hoje. De tarde, não de tarde em tarde. Seria hipócrita ter dito eu não quero teu corpo mas tua alma, porque o que eu desejava era seu corpo. Seu pequeno, perfeito corpo imperfeito. Mas Estela era, provavelmente, a mulher ou menina (seu caráter dependia do vento), a pessoa mais inteligente que eu havia conhecido até então. A inteligência, no entanto, não só se manifesta em palavras, e eu tudo o que tenho são palavras, úteis, às vezes inúteis. Utensílios. As palavras são reais, mas o que faço com elas é, em última análise, irreal. Ela pedia realismo mas eu não podia lhe dar mais que magia — às vezes de salão. A moça dourada, adorada?, passou do ouro ao pó de que saiu depois de ter sido ganga e pepita. Ou melhor, foi um diamante, carbono puro, entre o óxido de carbono. Mas as palavras inclinam e, por fim, obrigam. Como os astros no horóscopo. Astrologias.

Se um dia (ou uma noite) um anjo (ou um demônio) se meter na sua cama, onde você vela solitário na maior solidão, para te dizer: "Esta vida que você viveu e que ainda vive e terá de viver — mais uma vez e para sempre —, tudo na mesma sucessão e na mesma sequência, e esta grade e esta aranha e sua teia que tece e destece e esta lua brilhando entre as árvores e este momento e eu mesmo, e se o eterno relógio de areia da vida fosse virado uma e outra vez, e você dentro, grão de areia no relógio do eterno retorno". Se essa ideia, que não é minha, que é de Nietzsche, tomasse posse de você, da sua alma, mudaria ou talvez esmagaria você. A pergunta que o filósofo faz seria: "Você queria que acontecesse mais uma vez e, ademais, inúmeras vezes?". Você ansiaria alguma coisa com semelhante fervor como anseia esta última confirmação da eternidade?

Saí e, boi manso que sou, tomei o caminho do curral. Peguei um táxi na esquina porque não há combinações fáceis da minha casa para a rua Línea.

— Aonde vamos? — perguntou o chofer.

Não ouvi e ele tornou a perguntar:

— Aonde quer ir?

— Ao passado — disse.

— Ainda estamos em El Vedado.

Ah, esses choferes que sabem tudo, como fazer com que as perguntas se tornem respostas sem deixar de ser perguntas.

— Ao café Vienés. Sabe onde fica?

— Sim. Sei sim. Mas vou descer pela G.

Avenida dos Presentes, eu a chamo. Dos Presidentes. Chegamos ao café Vienés na boca da noite. Não havia ninguém salvo numa mesa ocupada toda ela por mulheres e no meio dessa zenana estava, surpresa?, Estela, mais loura que nunca, mais linda que nunca. Sentei numa mesa ao fundo, onde a cozinha é vizinha. Olhei para a mesa de mulheres mas na realidade olhava para ela, com seu cabelo curto e sua cara de quíupi. *A Kewpie doll, a Cupid all.* Foi a cabeça que primeiro vi se levantar lenta e laqueada, depois vi seus seios, tão breves como sempre e depois ela mais breve que seu busto, toda: erguendo-se até alcançar sua breve estatura, e sem dizer nada a ninguém veio até onde eu estava e sentou na minha mesa. Mimésis. Ela se imitava a si mesma voltando a ser o que havia sido.

— Estou com um táxi esperando. Quer vir?

Deu de ombros.

— Se você quiser — disse.

A mesma Estela de sempre: indiferente mas nada diferente. Depois de tanto tempo me pareceu astênica. O destino consiste em não ter destino.

— Aonde vamos?

— Completar o monstro de duas costas que iniciamos uma noite, uma noite toda cheia de murmúrios e de música de nádegas.

— O que você está dizendo?

— O que escrevo.

Ela entrou primeiro e disse ao chofer que fosse indo, ou melhor que continuasse nosso caminho.

— Babaca — disse ela, e essa foi sua primeira palavra íntima. Aproximou-se de mim e pensei que ia me beijar mas o que fez foi me farejar. — Cheira igual a antes.

— O que você queria, uma nova fragrância da França?

— Vá à merda.

— Você também cheira igual, o chofer cheira igual, todos cheiramos igual.

— O que quero dizer é que você tem o mesmo cheiro que tinha.

— "Quando minha namorada vem e cheira meu cabelo, sempre o compara com o romeiro, com o Romeu."

— A mesma merda de sempre. Você não muda.

— Não mudo, não. Achei que você tinha ficado contente.

— Com que seu cabelo cheire a recordação? Não fico porque não esperava isso. Aconteceram tantas coisas em tanto tempo e você vem e cheira igual. Não é justo.

— Mas você está igualzinha.

— Também não é justo.

— Nada é justo pra você.

É prodigiosa a longa conversa que cabe num táxi. Falo de quantidade, não de qualidade.

O táxi rodava pela rua Línea como sobre trilhos. Era um expresso.

— Então Branly te disse?

— O que Branly me disse?

— Não te disse?

— Não me disse nada de nada. Faz tempo que não falo com Branly.

— É que com você nunca se sabe, sempre sem saber se você sabe ou não sabe.

Inescrutável é a palavra. Devido a meus antepassados que vieram do Celeste Império.

— Você me sufoca com a sua sabedoria.

— Oriental.

— Bom, então lá vai.

Estela tomou seu tempo. Não era característico nela que não media, que não calava nada.

— Estou indo pra cama com seu irmão.

Isso é o que dá ao inesperado seu caráter súbito. Não esperava aquilo. Não esperava de maneira nenhuma. Juro que não esperava.

— Verdade que você não sabia.

— Não sabia de nada. Por que ia saber?

— Por Branly.

— Já te disse que faz tempo não vejo Branly.

— Pois foi o Branly.

— Você também foi pra cama com Branly?

— Está louco. Você viu os olhos de Branly?

— Não com os olhos teus.

— Foi Branly quem nos pôs em contato. Ele me apresentou seu irmão. A primeira coisa que vi foi a voz.

"A primeira coisa que vi foi a voz", típica expressão de Estela. As mulheres nunca entrarão em contato com a lógica.

— Tem uma voz igual à sua. De olhos fechados, na cama é você.

— Na cama.

— Na cama.

Ah, cidade incestuosa. Não foi o que disse a ela, nem sequer pensei isso então. É agora que adoto este tom operístico.

— Isso se chama incesto.

— Isso se chama vida.

Por que ela não disse a vida que nos faz e nos gasta?

Eu não disse nada e creio que não exteriorizei nada. Nem uma palavra, nem um gesto.

— Quem diria. — Ela era agora. Estaria me gozando? — Ficou impassível.

— Você sabia. Tenho certeza de que sabia. Se não foi Branly, então foi seu irmão. Mas você sabia. Quando veio me ver, me procurar, não podia ser de outro modo. Se não soubesse. Se sabia ou não sabia, posso romper com seu irmão se você quiser. É só me fazer um sinal.

— Com três batidas. Como no leilão.

— O quê?

— Que só tenho de te fazer um sinal, uma inclinação da cabeça, uma batida com a mão e, como você diz, está feito. Como num leilão. Nunca esteve num leilão?

— Não. O que é isso?

— É uma venda em que um movimento da mão não abolirá o bazar.

— Continuo sem entender.

O táxi já passou pelo Paseo rumo ao túnel e ao esquecimento.

Ela sorriu seu sorriso sardônico, que era seu único sorriso.

— Pode me beijar.

— Obrigado.

— Por que obrigado? Não estou te forçando.

— Não vá querer que eu diga *gracias*. Obrigado é *gracias* no Brasil.

— Mas não estamos no Brasil.

— Era o que eu achava.

— Estamos em Cuba.

— Em Havana, melhor dizendo. Ou melhor, no escuro.

— Você é esquisito.

— Esquisito como?

213

— Não sei. Todo esse palavreado.

— São os anos.

— Que tem a mais que eu. Mas sabe de uma coisa?

— Não sei só uma, sei muitas. Que outra coisa?

Ela sorriu seu melhor sorriso — que era quase uma careta. Agora penso que nunca vi Estelita rir, seu sorriso não era um sorriso mas uma careta, uma careta que enroscava sua cara.

Ela sorriu seu sorriso que não era um sorriso e me disse:

— Sabe de uma coisa?

Essa é uma pergunta retórica que quase sempre quer dizer que, precisamente, não se sabe nada. No fim das contas, como diz o bolero, a gente nunca sabe nada. Mas devo ter feito cara de querer saber.

— O quê?

— Que só me falta o seu pai.

Foi então, além da 12, indo me deitar com ela, que decidi que não queria me deitar com ela. Ou melhor, que não devia. Não havia nada de amor de minha parte e de sua parte nunca houve muito sexo. A força do hábito era para um monge. Devolvi-a ao café Vienés, memorável não por ela mas pelas *strudels* e pela Sacher Torte. Nunca me ocorreu que um dia visitaria Viena, me hospedaria no Sacher Hotel e comeria sua torta. A vida não é uma ronda mas uma curiosa fita de Möbius, uma superfície contínua de um só lado em que se unem o fim e o começo.

Entre este parágrafo e o anterior aconteceu algo imprevisto. *Estelle a disparu*. Ou, para dizê-lo mais claramente, Estela desapareceu. A afrancesada frase anterior vem de ler Proust antes dos trinta. Mas Estela se foi sem deixar rastro.

Em todo caso me lembro muito bem da última vez que a vi. Eu ia pela Línea de táxi rumo ao teatro Trianon, a uma estreia tardia, quando passei, quer dizer, passamos o chofer e eu, passou o táxi, se querem exatidão, um pouco além do café Vienés, quando a vi andando sozinha na calçada e parecia uma figura abandonada deixada para trás — e tive pena, claro, a pena que não é freio suficiente, e o táxi só parou meio quarteirão depois.

Mal nos cumprimentamos.

— Vamos dar uma volta?

— Pra quê?

— Pra nada.

— Meia volta e nada mais.

— Uma volta é uma volta.

— Pode me acompanhar até em casa, se quiser. Vivo logo ali, virando a esquina.

— Isso é uma volta.

— Está bem.

Andamos até a F. A meio quarteirão me assinalou um edifício de apartamentos, feio. F de feio.

— Moro aqui.

— Sozinha?

Não me respondeu mas olhou para mim com aquela cara sua — olhos, sobrancelhas, lábios — cheia de sarcasmo.

— Branly não te disse?

— Faz tempo não vejo Branly.

— Então não te disse.

— É claro que se não o vejo nunca não havia nada que ele tivesse a me dizer ou que tenha me dito.

— Não te disse.

— O quê? Que você vive com ele?

— Está frio. Não te contou nada mesmo? Pensei que tivesse contado. Ele sabe de tudo. E, como é seu amigo, achei que te contaria. Não sei por que esse recato. Branly é um bocado fofoqueiro e é seu amigo. Mas caso você não saiba vou contar tudo.

215

Agora moro aqui, ali em frente. Sabe quem paga meu quarto? Lourdes Castany. Você deve conhecê-la. Ela me disse que vocês são, que foram, colegas na escola de jornalismo. Arranjei, como você diria, um chino que me paga um quarto. Só que neste caso é uma china. Cômico, não? Mas estou vendo que você não ri apesar de ter fama de cômico. Comediante. Bem, o caso é que agora sou lésbica, como você diz. O que acha? Como é que você me chamou? Você me disse que eu tinha tendências sáficas. Sáficas. Você e suas palavras esquisitas. Pois bem. Sou sáfica. Só que não são tendências, são realidade.

De onde ela teria tirado seu vocabulário? Com certeza da sua amiga jornalista. Não há como um jornalista para usar palavras compridas a serviço de ideias curtas.

— Sua ex-virgem e amante agora é lésbica. Está vendo que eu te imito e evito dizer que sou sapata. Mas não é que eu seja de agora. Sempre, querido, fui. Só que não sabia. Você me descobriu, me ajudou a me descobrir a mim mesma. Como é que você me dizia e repetia, que era o meu Cristóvão? Não me importa — me disse ela com sua voz fininha que vinha do infinito — se te agrada ou não te agrada o que faço. Sua opinião me é indiferente. Tem mais, você me é indiferente.

— E eu que me acreditava diferente.

— Não é nem um pouco diferente. Entendeu?

— Entendi. Estou entre a indiferença e o nada. Mas um dia você me achou imprescindível.

— Nunca, está me ouvindo? Nunca jamais. Você me serviu para eu sair de casa e me livrar da minha mãe, e nada mais. Compreende?

— Compreendo. O que nunca compreendi foi aquele complô, mistura de neorrealismo e filme *noir*, para matar a autora dos seus dias e talvez este autor das suas noites.

— Não estou entendendo. Esta é a vantagem de falar com

você. Nunca se entende o que você diz, e se entende não se sabe se você fala a sério ou de brincadeira.

— Essa é a vantagem de ser um autor cômico.

— Você não é autor coisa nenhuma. Você não passa de um jornalista. — Ao me dizer isso sorriu uma careta final para desaparecer na escuridão da escada.

Na mesma hora me lembrei da recepcionista da biblioteca nacional, que quando eu preenchia a ficha regulamentar onde pediam "profissão" pus "escritor". A recepcionista, já madura ou melhor quase podre, tirou os óculos ao ler, olhou para mim e me perguntou: "Que história é essa de escritor?", mais recalcando do que ressaltando a palavra. "Aqui não tem escritores. Bote jornalista e pronto." Seria essa porteira glorificada uma tia de Estela? Quem sabe. Os genes ficam, são contagiosos.

Estela e eu estamos unidos neste livro, nesta página, nestas palavras que se sucedem. Um abismo nos une: ela morreu e eu vivo para escrever este livro. Este paraíso nos salvará, este inferno nos condenará: um livro, a vida. Na verdade, verdugo nunca foi minha tarefa mais temida, e encontrei entre as cinzas do meu amor seu coração intacto.

Não foi um só verão de felicidade mas um verão todo de miséria e fúria e fogo. Foi um verão inesquecível mas não por razões óbvias, e sim porque eu me lembro dele agora como se acontecesse agora. Não há dor maior, diz Dante, do que recordar o tempo feliz na desgraça. Mas o que acontece quando se recorda a desgraça e não há dor mas sim o sabor do saber e a dúvida do amor não é pior que o desamor mas se parecem?

Tudo o que me move me comove, é assunto para este livro. Não importa se esse todo é baixo e trivial — ou tremendo. Sei muito mais do que sabia então, porém não sou mais inteligente. Sou mais cínico porém menos cruel. O que fiz a Estela não tem mais importância do que o que ela me fez — ou do que fizemos os dois aos dois. Quanto ao amor, é uma das formas que a loucura adota — ou uma gripe. Um dia se descobrirá que não é mais que um vírus oportunista. Alguém, não tenho dúvida, encontrará uma vacina. Isto é, uma suspensão de um micro-organismo que produz imunidade ao estimular os anticorpos. Ou contra corpos. Esse organismo em três dimensões que deixa de ser um objeto ou um corpo estranho para se introduzir em todos os sentidos. Ou na alma para nos animar. Terá alguém pensado algo alguma vez? Talvez o Dante. Al dente.

Mentiria se dissesse que não voltei a vê-la. Voltei a vê-la. Ela vestia, como de costume fazia um tempo, calças em vez de saia. Observei também que abotoava sua camisa da direita para a esquerda.

Era curioso como antes eu sempre andava de *guaga*, *bus* ou ônibus, que de todas essas maneiras se costumava dizer, e agora me locomovia de táxi ou máquina de aluguel. Eu ia pela rua Línea, que não é uma das minhas ruas favoritas, sobretudo desde que desapareceu o bonde, e passei em frente ao café Vienés, iluminado mas quase vazio. Branly viu em sua bola de cristal de Murano o meu destino. "Se continuar pegando táxi vai acabar taxidermista." Que não é um futuro mas soa bem.

O café Vienés da Línea era a versão tropical e tópica do Sacher que ficou famoso graças a um filme de agentes secretos e amores ocultos, todos empregados na onerosa tarefa de fazer do desengano um engano. Embora aqui não houvesse uma só Wanda Masai, devia se chamar café Sacher-Masoch. O café Vienés era famoso por sua Sacher, não Torte mas tortilha. Que todas as lésbicas acariciem minha cara, cantava o jingle na Rádio Futura. Então, todas as mulheres que procuravam refúgio para seu subterfúgio eram o que em Havana Velha chamavam de *castigadoras*. Minha ex-Estelita tinha se transformado em Estela: de uma Vênus dos couros numa Vênus das peles. Ah, Sacher, ah, Masoch.

Mas eu era como o boi manso que sente falta do curral, e de vez em quando passava por ali, muitas vezes ao largo, outras ao curto por culpa da minha vista. Uma das vezes vi Estela sentada numa mesa com outra mulher loura. As duas usavam cabelo curto — sem dúvida um *trait d'union*. Estelita, com cara de Estela, estava de cabelo mais curto, num pelado que não era penteado. Lembrava vagamente Joana d'Arc. Não a da literatura ou da história mas a do cinema: a donzela de Orléans segundo Carl Dreyer, famoso *coiffeur des dames et des pucelles*, que a tonsurou até a tortura. Mas Joana era uma virgem profissional, fêmea entre os homens. Estela naquela tarde era fêmea entre fêmeas.

Eu a vi como não voltaria mais a vê-la. Eu a consumi com meus olhos. Consumi, *consomé*: extrair a substância de uma carne comestível.

Minha admiração superaria minha veneração — se esta existisse. Mais íntimo, estou à mercê da minha adoração, que existiu, bem breve é verdade, uma vez. Então ela seguia o modelo de uma deusa. Mas não era um espectro nem gozava do prestígio de um dublê. Ela era carnal, próxima e muito acessível. De fato, em outra ocasião a teriam chamado de mulher fácil. Mas não era, por Deus que não era. Ela sempre foi para mim uma interrogação difícil.

Ela na verdade deslizava pela vida de todos os dias. Nunca chegou a trabalhar, não encontrou o trabalho que procurava e continuou vivendo. Não tem onde morar e vai de casa emprestada a casa de pensão, a hotel, e no entanto nada parece afetá-la.

Não tem memória nem lembranças nem remorsos. Pareceria um vegetal se não fosse tão promissora na cama, mas nesta seria um fracasso se não tivesse esse corpo e essa cara e esses peitos que parecem peitinhos mas são realmente duros domos de deleite. O meu pelo menos. Seus peitos são rampantes, como breves bestas que disparam. Faltam seus olhos, falta seu olhar atraente, altivo e, por que não dizer?, traiçoeiro.

Os banhos, as cenas em que se vestem e se despem. Uma onda de inocência a traz à praia matinal. Mocinha heroica com sua extrema inocência e extremo erotismo: como uma artista menina, a mais sexy das meninas artistas. Cara de gata que tem a inocência e o caráter do felino. Mas, mas, vá dizer isso ao rato. Cabelos agora desgrenhados que copia a colegial que acaba de sair da escola para meninas ricas. Seu nariz acentua a menina. Pode ser menina mas não é boba. Parece que não tem mais que uma expressão. Mas tem várias vidas e uma vida venérea. Apareceu agora nas fronteiras da infância e ao mesmo tempo pode ser Pompeia; banhada em leite, envolta em leite, nadando em leite.

No clube da rua 12, muito mais uma espelunca, o Picasso, foi lá que tive de ir para vê-la. Ao entrar, como no Atelier, me golpeou a escuridão, agora me bateu na cara uma enorme lufada de fumaça. Saída quase sólida da gente que entupia o lugar.

Acima da entrada uma tabuleta discreta, se é que se pode chamar um nome de discreto, dizia "Picasso". Ao entrar, a música por pouco não me tomba e derrubado me senti. No fundo, atrás de onde estaria a orquestra se houvesse orquestra, havia uma vitrola como uma banda multicor e atrás do artefato havia um letreiro enorme que dizia: "Las Demoiselles de Avinon". A ortografia, que queria ser francesa, era a do anúncio — ou aviso. O público do Picasso eram todos damiselas de Avignon: mulheres, ou antes mocinhas, que se congregavam ao redor da vitrola como nativos ao redor de uma deusa branca. Mas eram os mistérios de uma Bona Dea ressuscitados de Roma Antiga. Apaguem pagãos.

Tentei andar onde os outros dançavam — e os outros eram todas damas que dançavam. Uma com outra. Dançavam bem agarradinhas, algumas com o rosto colado na outra. Nas mesas havia outras mulheres, de duas em duas. Algumas conversavam, outras se beijavam. Não havia mais que mulheres por toda parte.

O rock' n' roll havia tomado toda Havana de assalto e agora do toca-discos vinha uma música melosa que não era rock' n' roll mas *rythm and blues*: The Platters cantavam no disco. Sabia que a canção se chamava, imposta mas opósita, *Only You*. Só você. Mas não só eu porque eu a via dançar no fundo com seu par que era difícil dizer se era fêmea, homem ou sombra.

Debaixo do seu vestido vermelho tinha uma combinação preta, breve, que mal lhe cobria o peito e não chegava às coxas. Desconfiava que era ela o sexo que foge, que te devora, mas seu rosto era aprazível, desaprazível, aprazível de novo e na verdade inerte, indiferente. Ela circulou, se acabou. Mas viveu? Parecia um zumbi branco: minha versão de Christine Gordon caminhando catatônica na noite haitiana. Que seria de mim sem o cinema?

O pior do melhor tinha passado, ficava o melhor do pior. Mas (essa palavra sempre vem se intrometer) eu não ia poder esquecê-la. Essa garota era muito mulher e eu não ia poder esquecê-la nem se quisesse. E não quero. Esqueci muitas garotas mas Estelita se transformou em *estela*, num rastro. Fácil jogo de palavras mas difícil de fazer, de construir uma oração que o contenha e ao mesmo tempo o deixe fora. Vaga Estela da noite.

Participo da paranoia nacional e também da esquizofrenia nativa de ter sido um país escravista que se transformou numa nação mulata com o negro como lembrança do escravo: o país se fez todo mestiço. Há uma frase acerca da identidade racial que pergunta: "E sua avó, onde está?", inquirindo sobre a raça não só do questionado mas também do que pergunta: a avó nacional é a escondida. O perigoso do escravo é que pode vir a se libertar. O perigoso do cubano é que é um escravo liberto.

Mas ela, Estela, não padecia dessas angústias e todo o mau, como o bom, ela recebia com a maior tranquilidade, sem se alterar. Nada bulia com ela em sua abulia. Não era um escorpião, como sugeriu Carbell ao saber que ela era desse signo. Se acaso era uma lagarta se negava indiferente a se transformar em borboleta.

Dizer que ela era obstinada era lhe conceder uma qualidade musical. Era difícil porque ela era indiferente. Era, sempre foi, independente. Ela tinha sido prisioneira mas agora era livre. O que a tornava perigosa é que era uma escrava que havia rompido todos os grilhões. Inclusive os meus. Eu havia sido para ela um mero elo, agora enxergo isso.

A realidade são sempre os outros. Inclusive os do outro lado da página. Sobretudo os do outro lado. Nunca me reconheço nem nos espelhos nem em foto. Há uma imagem ideal minha que não aparece em lugar nenhum. Queria eu me ver como me veem, mas isso, reconheço, é perfeitamente impossível. Onde eu disse perfeitamente, podia dizer imperfeitamente. Não me vejo, me veem os outros.

Decidi cortar o cabelo. A zero, quase raspado. Era essa uma forma inversa de mudar a cabeça? Agora, sentado na minha cadeira de balanço, via televisão. O homem mais velho do mundo recomendava fumar charuto, *puros*, havanas. Ouvi-o e parei de fumar cigarro. LM, Marlboro, Camel. Chega de mata-rato! Então, minha mulher veio sentar a meu lado para pegar minha mão entre as dela. Deixei-a fazer. Depois do velho mais velho do mundo, vieram os músicos. María Teresa Vera cantou "Veinte años" acompanhada por Lorenzo Hierrezuelo, que era o primeiro na guitarra mas o segundo na voz: o cantor sempre fazendo de segundo.

Qué te importa que te ame
si tú no me quieres ya.
El tiempo que ya ha pasado
no se puede recobrar.

Muito poucas coisas se perdem no tempo, mas muitas podem se perder no espaço. Havana é uma grande cidade, mas não é uma cidade grande. No entanto, apesar de não sair dela e sair muito, não voltei a ver Estela.

Ela foi uma ferida numa fugida. Mas sua fuga, agora eu vejo, apagou sua imagem. Como se apaga a imagem de um cervo: o caçador não vê mais que uma mancha que voa. Se escrevo agora não é para exibir um troféu nem para resgatá-la, mas para completar sua figura na fuga: uma gazela pega numa fotografia. Daqui a dois anos esta história terá estado comigo, ido comigo, dentro do meu vade-mécum, cerca de meio século. Não sempre no meu coração, mas na minha mente: ali onde as recordações se aventuram — e se armazenam. Tenho recordações no atacado e no varejo, é o que se chama minúcias: migalhas do banquete do amor. Platão, Platão, por que me persistes?

Nem a lua de noite nem alguém ao seu lado ao luar. Nem a lua tampouco. Nem eu nem você nem a lua estaremos aqui para ver a aranha tecer sua teia na telha. Nem voltará a tecelã nem você nem eu em nada, que estaremos no nada: você antes porque as mulheres serão indestrutíveis mas são mais destrutíveis que os homens. Agora já sei: a vida te destruiu. Mas, quem sabe, estas páginas te reconstruirão como se você fosse um palimpsesto pala incesto. Ah, Estelita, por que me persegues?

Alguém disse que se pode olhar para trás com o prazer que a distância proporciona, e são palavras de um romancista menor. Um grande poeta, ao contrário, disse que não há maior dor no mundo do que recordar o tempo feliz na desgraça. E o tempo desgraçado visto da felicidade, que dor dá?

Há que ver as perguntas que a gente se pode fazer caminhando sozinho por Havana de noite, digamos de La Rampa até a 23 esquina com 12. Andar cansa, recordar dá fome. Assim cheguei até Fraga y Vázquez, em frente à 23 com a 12, que é na verdade uma cafeteria, e pedi um bife de contrafilé com arroz, feijão preto e uma porção de banana madura frita. Ah, e uma cerveja Hatuey bem gelada. Ave Maria, Pelencho, como me sinto bem. Quer dizer, como vou me sentir. Porque tudo passa na recordação, ou antes, passou no tempo. Brick Bradford tinha seu pião do tempo, eu tenho minha memória.

ESTA OBRA FOI COMPOSTA PELO GRUPO DE CRIAÇÃO EM ELECTRA E
IMPRESSA PELA GRÁFICA BARTIRA EM OFSETE SOBRE PAPEL PÓLEN SOFT
DA SUZANO PAPEL E CELULOSE PARA A EDITORA SCHWARCZ
EM FEVEREIRO DE 2011